だいわ文庫

ゴハンですよ

東海林さだお

大和書房

ゴハンは楽しい！

東海林さだお

「ゴハン」という文字は見ただけで何だか気持ちが暖かくなりませんか。

ならない人はすぐになってください。

「ゴハンだヨー」

夕方、町を歩いていてそういう声がどこかの家から聞こえてくると、

「あー、この家はこれからゴハンなんだ」

と思う。

「いーなー」

と思う。

「よくないなー」

と思う人はいないと思う。

この場合の「ゴハン」は、みんながみんなホカホカのゴハンを想像している。

すなわちお米のゴハン。

だが「ゴハンだヨー」の家のゴハンはお米のゴハンとは限らない。

パンの場合も「ゴハンだヨー」と言う。ウドンの場合も「ゴハンだヨー」と言う。

ラーメンの場合も「ゴハンだヨー」。

ゴハンには食事の意味もある。ゴハン＝食事。

ということになると、アフリカの大草原ではライオンが鹿を追って行って倒して食べるが、この場合は鹿がゴハンということになる。

人間のゴハンは動かないがこのゴハンは逃げる。

ライオンは毎食ゴハンが逃げるので、毎食ゴハンを追いかけなければならない。もちろん走って。毎食毎食ゴハンを走って追いかけるというのは大変なことだと思う。

毎食ゴハンの前は息ハアハア、汗みどろ。

それに比べれば人間のゴハンの何とラクチンであることか。

何と楽しいことであることか。

何とおいしいことであることか。

ゴハンを楽しみましょう。

ゴハンで幸せになりましょう。

ゴハンですよ　目次

1章　ゴハンの食べ方編

2章 ゴハンのお供編

3章 ゴハンの文化編

白メシ対談

4章　おにぎり編

5章

お弁当編

1章 ゴハンの食べ方編

大冒険　梅干し一ケで丼めし

そんなことが、はたして可能だろうか。

思いついてはみたものの、ぼくの胸は不安におののいていた。

丼一杯のゴハンを、たった一個の梅干しで食べきってみようと思いついたのだ。

不可能、と言う人もいるだろう。

無謀、と諭《さと》す人もいるにちがいない。

しかし、不可能への挑戦、と言う意味では、これは〝現代の冒険〟と言ってもさしつかえないのではないか。

勇壮そのものの〝活劇〟とも言えるのではないか。

一個の梅干しだけで丼一杯のゴハンを食べようとする決意は、犬ぞりだけで南極大陸を横断しようとする決意にも匹敵するのではあるまいか。

飽食の時代と言われて久しい。

人は毎日、飽食のやましさにつきまとわれながら食事をしている。そのアンチテーゼとしても、この試みは、時代にマッチした冒険と言えると思う。

しかも、この冒険の費用はきわめて安い。準備も簡単だ。

ぼくはただちに冒険の準備にとりかかった。

西友ストアー西荻窪店に行って、「富山コシヒカリ」というのを買ってきた。二キロ入り千百三十八円である。

次に、東急デパート吉祥寺店に行って、「紀州、蔵出し、三年梅」というのを購入してきた。十五粒入り千百円である。

日の丸丼(百三十七円)

梅干しの選択にあたっては、粒の大きいこと、塩気の強いことを優先させた。

減塩ものなど、とんでもない話だ。

お米をといで一時間おき、これを「タイガージャーJNP－〇七二〇PV」によって炊きあげた。

使用した電力は、多分、東京電力ものだと思う。

炊きあがったゴハンを、しゃもじで丼によそう。箸《はし》を取り出し、梅干し一ケを小皿にのせる。

このとき使用した、しゃもじ、丼、小皿の出自は、残念ながら明らかにできない。いずれも無名のものばかりだからだ。ただし箸だけは、箸袋に銘が打ってあった。「日本ばし　大増」とある。しかし、これが何物であるかはわからない。

箸袋には、「御楊子、御手拭き入り」とあり、自分の関与する仕事にはとことん責任を持とうとするその態度には好感が持てた。

これまでかかった費用は、ゴハン丼一杯が六十四円(二キロ千百三十八円から計算)。梅干し一ケ、七十三円。総計百三十七円（光熱費、交通費含まず）ということになる。

一回の食事が、百三十七円で済むのだ。

さて。

目の前に、ホカホカと湯気をあげる丼一杯のゴハンと冷えびえと小皿の上に横たわる一個の梅干しがある。

なんだか日本人の血がさわぐ。

なんだか胸がドキドキする。

もし失敗したらどうしよう。不安で胸がいっぱいになる。

もし失敗したら、ただちに銃殺、ということもあるまいが、「それみたことか」と世間の嘲笑をあびるくらいは覚悟しなければなるまい。

よく見ると、梅干しの裏側に、シソの葉の小片がへばりついている。

〝梅干し一ケだけで丼めしを一杯〟という精神からいくと、これは一種の不正行為ということになるのではないか。

このシソの小片で、ゴハン二口はいけるはずだ。

しかし、このシソは、梅干しの付属物すなわち〝領域〟とみなすこともできる。

この問題は不問のまま、冒険は開始されることになった。

万が一に備えて、水一杯を用意した。

この水は「秩父源流水」というもので、「日立冷蔵庫　R五一五〇F型」内部において冷却されていたものである。

一口め。

箸の先に、ゴマ粒ほどの梅干しをけずりとってゴハンの上にのせて口に入れ、三十一回噛んで飲みこむ。

むろん、一口分のゴハンに対する塩気としてはまことに不十分である。

一口分のゴハンの片隅に、かすかな塩気を感じるだけだ。

しかし、その分、ゴハンそのものの味を十分味わうことができる。

ゴハンが少しずつこなれていって、唾液が少しずつ混ざっていき、炭水化物が唾液のプチアリンで加水分解を受け、デキストリンや麦芽糖になっていく過程を、三十一回の咀嚼《そしやく》で逐一感知することができる。すなわちゴハンが口の中で甘くなっていく。

ふだんの食事では、「このお米はおいしい」とか「おいしくない」とか言いながらも、ふだんの食事では、ほとんど瞬間的にしかゴハンを味わっていなかったことがよくわかる。

ふだんの食事では、ゴハンはおかずの塩気の緩衝剤としてしか扱われていないのだ。

一口めを飲みこんで、何気なく箸をしゃぶると、箸の先に梅干しの味がしみこんでいる。

あわててこの味をおかずに二口め。

箸を割り箸にしたのは正解だった。塗り箸ではこういう余得はありえない。

三口めは、不安な先行きを思って梅干しなしのゴハンだけ。

我慢ばかりの生活は精神が痩せ細ると思い、四口めは通常の二倍のゴマ粒二粒分ぐらいの梅干しで食べる。

五口めは、さっき贅沢したから、と、ゴマ粒のさらに半分で耐える。足りなければ補う、という日常から、突然の〝計画経済〟は、とまどうことばかりだ。

食べおえたあと
なぜか すがすがしい
気分がいたします
ぜひ一度
おためし
くださいませ
タネ

不思議なことに、つらい、という気持ちにはならない。

むしろ、一種のさわやかささえ感じる。

なにしろ、（次のおかず、何いこうか）という迷いがない。ふだんの食事は、この迷いの連続であるが、この食事は、（梅干しの次は梅干しで、その次も梅干し）なのだ。

（このあたりで、違うおかずが欲しい）

とも思わない。

このへんが梅干しの実力と言えるの

かもしれない。

　たとえばタクアンだけ、塩からだけの食事だと、途中できっと別のおかずが欲しくなるにちがいない。

　梅干しの塩気、そして酸味、そして口の中に残る梅干し独特の香りが、おかず三種類分の力を発揮するようだ。

　そうして、ゴハンがちょうど半分になったとき、梅干しもちょうど半分になっていたのである。

　一時は、いよいよのときは種をしゃぶって難をのがれよう、それでもダメなときは、種を割って中の天神様におすがりしよう、とさえ思ったほどなのに、結局この冒険は大成功をおさめたのである。

ふりかけの実力は？

ふりかけはおかずの上陸である。

しかも一挙上陸、一挙占拠、一挙支配である。

もはやこの地（ゴハン）には他のおかずは一切侵攻できない。

この地は、あっというまにふりかけ独裁国家となる。

ふりかけは子供のものだ、大人が相手にするようなものではない、とバカにしている人は多いが、そういう人はふりかけの真の実力を知らないのだ。

実際、スーパーなどに並んでいるふりかけは、漫画などを多用した子供向けのパッケージが多い。

メーカーもまた、ふりかけの実力に目覚めていないのだ。

ふりかけをふりかけられたゴハンは、いかにコシヒカリ、ササニシキなどの名門のゴハンであろうと、ふりかけの支配下におかれる。

ふりかけのふりかかったゴハンは、もはや他のおかずを寄せつけないから、それをそのまま食べ続けるより他はない。

実例をお目にかけよう。

ふりかけ魔というものがいたとしよう。

もちろん愉快犯で、この人は他人の家の食事のゴハンに、ふりかけをふりかけて回るのを無上の喜びとしている。

いましも某市某丁目の家で、土曜日の夕方の食事が開始されようとしている。

おりしも前日が給料日だったので、食卓の上にはマグロの刺身（大トロ）、新タケノコとワカメの煮たの、納豆（こだわり納豆本小粒吟造り）、お新香（大安の千枚漬）、味噌汁はワカメ（島根の灰干し）と新キャベツといった、いずれも粒ぞろいの面々がズラリと並んでいる。

家族は両親と子供二人。四人はいま、手に手に熱々のゴハン茶わんを持ち、どのおかずにしようかとそれぞれがおかずに手を伸ばそうとしたそのとき、テーブルのすぐ横の窓がガラリとあき、ニュッと一本の手が突き出され、その手にはふりかけの袋がにぎられており、シャカシャカシャカという音と共に、全員の熱々のゴハンの上にふりかけがあっというまにふりかけられ、窓はただちに閉じられ、何者かが逃走していく足音だけが聞こえてくる。

呆然とそれぞれのゴハンを見つめる家族四人。

四人のそのときの無力感。
察するに余りある脱力感。
そのあと、ただ黙々とふりかけゴハンを食べ続ける家族の光景。
それをのみ心の糧《かて》として、次の家族を物色しつつ走り続ける愉快犯。
この愉快犯こそ、ふりかけの真の実力を知る人なのだ。
ふりかけのふりかかったゴハンに、大トロはもはや不要だ。
無理して食べてもいいが、その味は想像するに余りある。
それを思うと愉快犯の頬はゆるみに

ゆるむ。

すべての名門のおかずさえ退ける、ということは、すべてのそれらに対抗しうる実力を持っている、ということになる。

ふりかけはおかずである、という認識さえない人は多いが、ふりかけは立派なおかずなのである。

世界最小のおかずである。無数の、ふりかかるおかずである。

わざわざ「おとなの」とことわっているものもある

そして、一挙上陸のおかずである。

ふつうの食事は、おかず群はテーブルの上にある。

ここは、いってみれば兵站《へいたん》部だ。

兵站というのは「作戦軍のために、後方にあって車両・軍需品の前送・補給・修理、後方連絡線の確保などに任ずる機関」である。

軍需品の補給・修理というのは、食事でいえばアジの干物の解体とか、そこにお醤油をかけるなどを意味する。

後方連絡線の確保というのは、「お醤油切れたから持ってきてー」などであろう。

そして前線は左手に持った茶わんの中のゴハンである。

前線からの指令、要請によって、兵站部から物資が前線に陸揚げされていく、これが食事の戦略的解釈である。

二〇〇三年のイラク戦争でも、物資の輸送が問題になったが、ふりかけはそういうややこしい問題をすべて解決してくれる。

なにしろ一挙上陸。

ラーメンふりかけがあるならラーメンそのものをかけちゃうラーメン飯もあっていいのではないか
下半分がゴハン

もうあとは何も要らない。

陸揚げも要らなければ補給、修理も不要である。

後方支援一切不要の強力な軍団なのだ。

いったん降下すれば全員全土にしがみつき、なにしろしがみついているので撤退はありえず、ただちにその地に溶けこみ、周辺住民を飼いならし、味をつけ、慰撫し、思想教育を施《ほどこ》し、納得させ、次第に楽土観さえ覚えさせるようにしむけていく。

敵陣降下の先鋭部隊であると同時に、ＣＩＡ的役割も果たしているのだ。ふりかけは戦場のラムズフェルド*なのだ。そのぐらい偉いのだ。

話は急に変わるが、最近ラーメンふりかけというものが発売されたように、フリーズドライと粉末化によってどんなものでもふりかけになりうるということがわかった。また急に話は変わるが、汁かけ飯というものがありますね、ゴハンに味噌汁をぶっかけて食べるの。

そこで粉末のインスタント味噌汁、あれをゴハンにかけて食べてみたらダシがきいてて実に旨かった。そこでそれにお湯をかけてみたらたちまち汁かけ飯になった。当然なのだがなんか変だな。

＊アメリカの政治家。イラク戦争時のブッシュ政権の国防長官。

卵かけごはんの美味

いま卵かけごはんの周辺が騒がしくなっているらしい。

二〇〇五年の初めごろ、週刊誌「アエラ」に「卵かけごはんの幸せ」という記事が載った。

「ひたすら卵かけごはんを食べる会」という会が都内某所で開かれ、かなり大勢の人が集まって、みんなで卵かけごはんについて、あーだ、こーだ、と言い合ったというのである。

どういうことを言い合ったかというと、

「卵かけごはんに最も適した米は？」

とか、

「卵はどんな卵がいいか」

とか、

「醤油はどうする？」

などだったようだ。

その記事を最初は「へー、そーなんだ」なんて思いながら読んでいたのだが、その記事の途中の「卵かけごはん専用のお醤油がある」というところで思わずすわりなおした。

しかもずいぶん前から売っていたというのである。

へー、そーなんだ、でもそんな醤油、よっぽどの物好きじゃないと買わないだろうな、なんて思いつつ読みすすんでいくと、

「年間販売本数十万本」

とあって今度は居ずまいを正して衿元をかき合わせた。

そうこうしているうちに、つい最近、ふとテレビを見ると、大勢の人が集まって、卵かけごはんを食べながら、やはり、あーだ、こーだ、やっているシーンが目に入った。

卵かけごはん専用の醤油についてもみんなが言及している。

こうなってくると、ぼくだって専用醤油を試してみたい。

普通の醤油と専用醤油はどう違うのか。

そう思うと居ても立ってもすわってもいられず、八方手をつくしてついに専用醤油を手に入れたのである。

専用醤油を目の前にすると、もう居ても立っても横になってもいられず、ただちに卵かけごはんの制作にとりかかるのであった。

「アエラ」に載っていた専用醤油は「おたまはん」というネーミングで島根県のものだが、ぼくが手に入れたのは香川県産の「たまごかけごはんしょうゆ」というネーミングで（ネーミングでいいのかな）、値段は一五〇mℓ入りで二五〇円（当時）。普通の醤油の三倍ぐらい高い。

普通の醤油とは（原材料名　糖類発酵調味料、食塩、かつおエキス、昆布エキス、砂糖、アルコール、調味料）

卵かけごはんに
海苔やかつお節や
柴漬けの刻んだの
を入れる人がいるが
わたしは絶対
素卵かけ
ごはん!

と、かなり違っている。

まず二つの茶わんにごはんを盛る。

お米にも凝りたいところなのだがなにしろ心が弥猛《やたけ》にはやっているので、とりあえず「玄関開けたら二分でごはん」をチン。

卵は少し凝って比内地鶏の卵。

片っぽうの茶わんには普通の醤油をタラタラ。

もう片っぽうには「たまごかけごはんしょうゆ」をタラタラ。

タラタラとかけつつ、

「もし三倍も高いほうが普通のと同じだったら承知せんけんね。社長の首しめるけんね」

と思い、

「でも、首をしめに香川県まで行くとなると飛行機代がかかるな」

などと思いつつ、まず普通のほうから。

当然のことながら、いつも食べている卵かけごはんの味。

続いて専用醤油のほう……。

うーむ、やっぱり違う。かなり違う。かなり旨い。

よかった。飛行機代が助かった。

普通の醤油のほうは「日本の正しいお醤油の正しい卵かけごはん」であるが、専用醤油のほうは「新しい日本の新しい醤油の新しい卵かけごはん」だ。

最初、舌の上に普通の醤油の味が来て、そこから急に賑やかになる。

昆布だし、有効、かつおだし、有効、そして何より砂糖による甘みが、卵かけごはんには有効であることがわかる。

たまごかけ
ごはん
しょうゆ
説明ではなく
ネーミングです

馬刺しや鯨のさえずり（舌）などは、醤油に甘みが加わったほうが味が豊かになるが、卵かけごはんもその例にもれないところがあるようだ。

卵かけごはんの旨さは、生卵がごはんの熱でちょっとねっとりするところにあるように思う。

あんなにユルユルでドロリとしたものが、急にごはんにねばりつく、舌にねばりつく。

程のよい熱によって生卵のちょっとした生臭さが消え、

たん白質の旨味が増え、そこのところへお醤油の味と香りが参入してきて口の中に卵かけごはん特有の香りがたちこめてうっとりとなる。ねっとりするものは大体においておいしい。

ねっとりはうっとりに通ず。

ぼくはつねづね思っていることなのだが、卵かけごはんて、世界の三大珍味と言われているフォアグラ、キャビア、あとひとつ、エート何だっけ、とにかくそれらに比《ひ》肩《けん》しうる大御馳走だと思う。

なのに人々はそのことに気がつかない。値段があまりに安いので気がつかないのだ。

もし卵が一個二〇〇〇円だったらたちまち気がつく。

ぼくはつねづね思っていることなのだが、ゴルフもそうですね。

ゴルフは賞金がうんと高いから、プレー代がめちゃめちゃ高いから、それでみんながゴルファーを敬ったりしているのです。

優勝賞金が一〇万円だったら、プレー代が五〇〇円だったら、たちまち色褪せたスポーツになるはずだ。

結論。人間万事、金次第。

目玉焼きかけご飯

いまブームの卵かけご飯を、またもや作って食べていてふと思った。

卵かけご飯がこれだけおいしいのだから、目玉焼きかけご飯もおいしいのではないか。

いや、だめ、それはおいしくないに決まってる、やめなさい、そんなの、という声がぼくには聞こえてくる。

まあ聞きなさい。

簡単ご飯の古典にバター醤油かけご飯というものがありますね。

なにしろ古典として残っているくらいだから、これがまためっぽうおいしい。

わが想定の目玉焼きかけご飯の目玉焼きは、バターで焼くのです。

しかも、たっぷりのバターで焼くのです。

おおっ、と、思わず身を乗り出してきましたね。

そうなのです。

単なる目玉焼きかけご飯ではなく、バター醤油かけご飯と、目玉焼きかけご飯の合併版というわけなのです。

この合併がおいしくないわけがない。

思いついて試行錯誤することいくたび、夢のような目玉焼きかけご飯が完成したのです。

目玉焼きをどのくらいの硬さにするか、ここが大きなポイントです。

ラーメンの名店などによく入っている半熟の、箸で突くと破れてドロリと流れ出すあの硬さ……よりもうちょっと軟らかめ、これに決まりました。

弱火で熱したフライパンにたっぷりのバターを入れる。大さじ山盛り一杯。

すぐに卵をジュッと落とす。

目玉焼きだから当然二個。

熱すること1分30秒。

炊きたてほかほかのご飯の上にフライパンからスルリと載せる。

そしていいですか、ここがポイントなのですが、スルリの上にもう一度バターを載せる。大きさは1センチ角ぐらい。バターは熱すると香りが飛んでしまうので改めてバターの香りを楽しもうというわけです。

そのバターが溶けたところでその上からお醤油をタラタラタラ。できたら卵かけご飯専用のお醤油がいい。

これで完成です。さあ、やっちゃってください。

卵かけご飯の場合は、黄身と白身が入り混じったものをおかずとして、いきなりズルズルとすりこむことになるわけだが、目玉焼きの場合は黄身と白身がまだ別々になっている。

つまり、卵かけご飯の場合はおかずは一つだが「目玉焼き……」のほうは二種類のおかずがあることになる。

わたしは
丼で食べたい
目玉焼き丼
として
食べたい

さあ、どっちからいったらいいか。

ま、楽しく迷ってください。

ぼくの場合はこうなりました。

まずドロリとした白身とバターと醤油の、わりとさっぱりした味を味わい、次に黄身とバターと醤油の味に移り、最後は両者混合の味を楽しむ。


やはり一番おいしかったのは黄身で、もうね、あれです、ねっとりの極致、半熟のドロリとした黄身が、バターと醤油を伴ってねっとりと舌にからみつく、というか、ねとりつくというか、べたつくというのとも違い、まとわりつく、というのとも違って、舌の味蕾《みらい》と味蕾の間にぬめりこむ、といったらいいのか、うん、そう、あれです、舌と黄身の濃厚なキッス。


黄身が舌に抱きつき、舌が黄身を吸いよせる。

半熟卵の黄身と舌は相思相愛だったんですね。

その相思相愛を、うんうん、許す、もっとハゲしくてもいいよ、と味わっているひとときというものは、もう、たまらんです。

卵かけご飯の場合は、せっかく炊きたての熱々ご飯を用意しても、生卵は冷たいからどうしてもご飯が冷えてしまう。

そこのところの解決策はないのだが、「目玉焼き……」のほうは両者が熱々の上に舌と黄身もアツアツの仲だから、その辺一帯の乱れぶりは、想像するだに恐ろしい。

卵かけご飯は醤油に限るが「目玉焼き……」のほうはどうなのか。

ふつう、目玉焼きはウスターソースで食べる。

目玉焼きとハムのハムエッグの場合は塩と胡椒《こしょう》ということになる。

いかにも両方とも「目玉焼き……」に合いそうな気がするが、やはり断然醤油です。

醤油以外は全く合いません。

というわけで、うっとりと幸せにひたりつつ目玉焼きかけご飯を食べていたのですが、そのときまたしても、ふと、頭にひらめくものがあったのです。

そうして、目玉焼きかけご飯は、更なる発展を遂《と》げることになったのです。

このとき目玉焼きかけご飯はもう一段階進化したのです。

いいですか、落ちついてくださいよ。

白身、黄身、両者混合と食べ進んでいったら、そこんとこへマヨネーズをちょこっと混ぜちゃってください。

そしたらそれをかっこんじゃってください。

わかってますよね、マヨネーズは卵でできているってことを。

相思相愛の舌と黄身が濃厚なシーンを演じているところへ、卵の大親分が乗りこんでいくんですよ。

もう、どうなったって知らんよ、わしは。

うまいぞ猫めし

猫めしが急に食べたくなった。

誰かのエッセイを読んでいたら、猫めしという表現が出てきて、猫めし自体についてては深く言及せず、すぐ別の話になってしまってぼくはそこに取り残されてしまった。

猫めし、なんだか懐かしいな。

猫めし、どういうんだっけ。

要するにカツブシだな。

うん、そう、熱いゴハンの上にカツブシをかけ、その上から醤油をタラタラ。

つまりカツブシ丼だ。

うまかったんだっけ。

まずかったんだっけ。

いまの若い人は、猫はキャットフードを食べるもの、と思っているかもしれないが、昔の猫はゴハンにカツブシをかけたものを食べていたのだ。

ゴハンにカツブシをかけたものは、猫の専用食だったのだ。

ただし、猫の場合は醬油タラタラの代わりに味噌汁の残りをかけた。

そういう猫の専用食を、人間が食べるわけだから、食事のランクとしては、ま、最低ランクということになる。

そういうわけだから、うまいわけがない。

と、簡単に断定してはいけない。

その昔、生徒が学校へ持っていくお弁当の一種に海苔弁というものがあった。

これは弁当箱にゴハンを詰め、その一番上に海苔を敷きつめ、その上から醬油をかけまわしただけのものだった。

この海苔弁をもう少し凝ると、ゴハンの中間層にカツブシを敷きつめ、醬油をかけまわし、その上に更にゴハンをかぶせ、最上段に海苔を敷きつめたものになる。

これがめっぽううまかった。

これは言い替えれば〝中間層猫めし弁〟である。これがなかなか魅力的な弁当だった。

ぼくは早速、猫めしの作製にとりかかった。

〝二分でゴハン〟のパックめしをチンする。

台所にあったホウレン草のおひたしなんかにのせる〝小袋入り薄削りパック〟を、湯気の立つゴハンの上に一袋のせる。

薄削りの削り節たちは、熱いタコ焼きの上の削り節と同じように、いっせいにそよぎ、いっせいにうち震えるのであった。

震える削り節の上からお醤油をタラタラ。薄削りの削り節たちは、急に冷雨をあびて、こんどはいっせいにひれ伏すのであった。

茶わんから立ちのぼるカツブシのいい匂い。お醤油のいい匂い。

では猫めし、かっこみます。

でもなんだか恥ずかしいなあ。

特に猫に見られたら恥ずかしいなあ。軽蔑されるだろうなあ。

おっ、猫めし、うまいです。

ゴハンであったたまったカツブシの小片の一つ一つに、じかに醤油がしみこんでいる。

そのカツブシを噛みしめると、歯と歯の間からカツブシの味がにじみ出る。

煮出してもあれだけ味が出てくるものを、口の中で、舌と唾液で出しをとってじかに味わう〝じか出し〟の味。

これから仕事をしに出て行こうとしている連中を、現場で取りおさえた味。

話は急に変わるが、うちの飼い猫は何が好きってカツブシぐらい好きなものはない。いつもカツブシをそのまま丼一杯軽く平らげる。

丼に頭を突っこんでモシャモシャ食べていて、特においしいらしい一片のところにさしかかると、首をななめに傾けて奥歯に力をこめて噛みしめ、急にウンニャゴ、ウンニャゴという声を出す。

黙ってはいられないくらいおいしいらしいのだ。

それを見ていて、

「ああ、いま、さぞかしおいしいんだろうな」

と、こっちまで奥歯に力が入る。

じかのカツブシの味はそれくらいおいしい。
それくらいおいしいといったって、相手は猫なのでどのくらいおいしいのかはわからないが……。

※Y2K…2000年問題の略称。

猫はさておき、人間のぼくでも、特においしいところにさしかかると、つい ウンニャゴ、ウンニャゴという声が出てしまう。

白いゴハンは当分やめて、この猫めしで生きていこうと思ったほどだ。

なにしろ猫めしはおかずが要らない。要らない、というより、むしろ、おかずあっち行け、おかず迷惑、というぐらいの気持ちになる。

お醤油の量を少し増やしてしょっぱめにすると、酒の肴、ビールの友にもなる。

よく考えてみると、「カツブシでゴハンを食べたい」という発想は、昔から日本人にはあるようだ。

荻窪にある自然食の店「グルッペ」には「猫まんま」というメニューがある。

これは干した大根の葉を水でもどし、油で炒め、醬油で味つけしたものをゴハンの上にのせ、その上に削り節をかけたものでなかなかおいしい。

コンビニのおにぎりには、甘からく味つけした削り節を具にした「おかか」がある。

スーパーでは「かつおおかか」という佃煮が売られている。

そしてその上に、味つけカツブシ界の大御所「錦松梅」が君臨している。

そういうことをいうと錦松梅の人は怒るかもしれないが、錦松梅は猫めしの延長線上にあるといえる。

もちろん錦松梅は味つけカツブシ界の貴族であることはいうまでもない。

猫めしも、登りつめれば王侯貴族まで行けるのだ。

こうしてみると、猫めしの世界もこれでなかなか奥が深い。

What's? 汁かけ飯

汁かけ飯を食べたことがありますか？　ない？

え？　ある？

は？　汁かけ飯を知らない？

そうか、そうか、そういう人もいるわけだ。

汁かけ飯というのはですね、ゴハンに味噌汁をかけたもの。ただ、それだけのものです。

これをズルズルとかっこむ。

おかずはなし。

味噌汁そのものがおかずというわけで、言ってみれば〝液体おかず〟というわけですね。

ズルズルとかっこめば、ゴハンもおかずも、ついでに味噌汁さえもいっぺんに食べたことになる。まことに勝負が早い。

もう、なんというか、安直、簡便、下品この上ない食べものなのだが、これが旨い。

昔はどの家でも、朝食のときに汁かけ飯をして、親に怒られている子供がいたものだった。

汁かけ飯に関する格言さえあった。

「汁かけ飯をするとすべってころぶ」

という格言であった。

汁かけ飯は、罪の意識と共にすすりこむ食べものだったのである。

汁かけ飯は、一人で食べるときでも、作ってから必ず周りを見回し、それから食べたものだった。

罪の意識が、かえって汁かけ飯をおいしくさせるのであった。

さっきから、汁かけ飯、汁かけ飯と書いているのだが、これははたして正式な名称なのだろうか。

大体からして、社会的に認知されていない食べものであるから、ちゃんとした名前さえないのではないだろうか。

そう思って、不安にかられながら辞書を引いてみると、ちゃんとありました。

【汁掛け飯】味噌汁などをかけた飯。

よかった。逆転無罪だ。

きょうから青天白日の身の上だ。

汁かけ飯というものは、食事の初期段階から、いきなりそういう事態に立ち至るということはあまりない。

必ず中盤以降、突如としてそういうことになる。

時間的逼迫《ひっぱく》、おかず的逼迫、この二つがそのきっかけになることが多い。

この、二大重大逼迫を、汁かけ飯は一挙に解決してくれるのである。

近年、汁かけ飯が衰退した理由は、時間的逼迫のほうはともかく、おかず的逼迫という事態がほとんどなくなったせいかもしれない。

しかし、あれですね。汁かけ飯というものは、改めて感じましたが、やっぱりおいしいものですね。

それになにより懐かしい。

うまくて懐かしくて、思わず回想にひたってしまう。

やっぱり汁かけ飯というものは、ダイニングキッチンで食べるものではなく、茶の間が似合うようだ。

テーブルではなく卓袱台《ちゃぶだい》が似合う。

電気釜ではなく布巾のかかった木のおひつが似合う。

蛍光灯ではなく、二股ソケットの電球が似合う。

あのころが、汁かけ飯の全盛時代だったような気がする。

だが、いま、この飽食の時代に、再び汁かけ飯が脚光をあびようとしている。

(ぼくの周辺でだけだけどね)

このところ、汁かけ飯に凝って、いろいろやってみた結果、次のような研究成果を得たのでここに発表したい。

ゴハンと味噌汁の両方が熱いとおいしくない。

一番いいのは、ゴハンが冷めかげんで味噌汁が熱い、という組み合わせだ。

味噌汁の実はないほうがいい。

ないほうがいいが、過去において、ジャガイモや玉ネギや大根の千六本と同居していた、という事実は欲しい。

入籍まではいかなくていいが、同棲の過去が欲しい。

この過去が、味噌汁の味に大きな影響を与えていてくれると、汁かけ飯はいっそう旨くなる。

ゴハンのほうに味噌汁をそそぐか、味噌汁にゴハンを投入するか、これも重要なテーマだ。

味噌汁に投入したゴハンのかたまりが、少しずつ味噌汁の中に水没していく風情も好もしいが、味噌汁をかけられたゴハンのかたまりが、少しずつ崩れていく風情も捨てがたい。

この問題は、最終的に、ゴハン茶碗で食べるか、味噌汁椀で食べるかという問題にリンケージされていくわけで、どちらの本拠地を使用す

るかというメンツの問題ともなっていくことになる。

ぼくとしては、やはり味噌汁のほうの顔を立ててやりたいような気がする。

なぜかというと、汁かけ飯においては、味噌汁の果たす役割があまりにも大きいからだ。

味噌汁なくしては汁かけ飯は成り立たない。（あたりまえだ）

まず、熱い味噌汁を、味噌汁椀にそそぐ。むろん、過去にいろいろあったが、いまは独身という味噌汁だ。

ここに冷たいゴハンを投入する。

電気釜で保温されていたゴハンは、いったん冷まさなければならない。

量は味噌汁の半分ぐらい。

すなわち、味噌汁だぶだぶ、ゴハン水面下、という状態がベストだ。

ゴハンのかたまりを箸で突きくずしたらすぐに食べ始める。

最初は圧倒的な味噌汁の味、続いてすぐに、まだ温まりきれないゴハンが流れこんできて混じりあい、ああ、この二人は、ついさっきまで別々に暮らしていたのだが、こうして一緒になる運命だったのだなあ、という味になる。

しかしよく考えてみると、味噌汁のほうは、ジャガイモや玉ネギと同棲していたという過去があるわけで、そのことをゴハンが嫉妬してもめるということもありうるのに、少しもそうしないでかえってそのことを祝福している、という味になる。

汁かけ飯は、お茶漬けと違って、冷えていたゴハンが、これから温まろうとするあたりがおいしい。

ゴハン粒に味噌汁がしみこまないほうがいい。口の中で、ゴハンと味噌汁が、はっきり別の味となっているところが、汁かけ飯のおいしさだ。そしてゴハンと味噌汁が、それぞれ独身だったときの味と違って双方不思議な甘さをかもし出す。

最初の一口を、ズズッとすすりこんで、モグモグとゆっくり味わったあとは、なぜか急にフンガー的心境になって加速度がつき、残りは息もつかずに一気にかっこんでしまうところも、汁かけ飯の不思議なところだ。

2章 ゴハンのお供編

おかずは鮭か納豆か

熱々ホカホカ、粒立ってツヤツヤのゴハンに一番合うおかずは何か。新米が出まわり始めた今こそ、この問題はクローズアップされなければならない。人はそれぞれに〝自分ならこれ〟というゴハンのおかずを持っている。あなたなら何を第一位に推すか。

このテーマは、だれにとっても好ましい質問であるらしく、だれもが嬉々として、たちまち三つ四つのおかずを挙げてくれる。

「なんてったってイクラ」と言う人もいれば、「かんてったって辛子明太子」と言う人もいる。「めじマグロに醤油をたっぷりかけて本わさびで」と凝る人もいる。

しかし、どれか一つだけ、あなたにとってベストワンを、ということになるとだれもが迷い始める。

急に苦悩の色を見せはじめる。

「納豆も食べてみたいし、海苔の佃煮も間にちょっとはさみたい。あ、イカの塩からもはずしたくないな」ということになって表情はかなり深刻になる。

家族が食べ終わったあと納豆の器にゴハンを入れかきまわして食べていた昔のおかあさん
おかずは納豆だけ

こうなるとキリがないので、条件を過酷にすることにしよう。

あなたは急に冒険旅行に出かける。時代は急にシンドバッドの時代だ。

あなたがどこかの国で王様の不興を買い、急に死刑を宣告される。（わがままな王様なのだ）死刑執行を前にして、何か食べたいものはないか、と王様はたずねる。日本人のあなたは、「白くて熱い炊きたてのゴハン」と答える。すると王様は（いいトシこいて幼稚な発想で申しわけない）、「おかずを一品だけ許す」と言ってくれる。

さあ、あなたならどうする。

なにしろ一品だけである。

ぼくについていうならば、その一品はすでに決めてある。そうした場合にそなえて早々と決めてあるのだ。

それは生卵である。

これがとにもかくにも第一位。

「特別にもう一品許可」ということになれば、うんと塩からい塩鮭のおなかのところ(皮つき)、「エーイ、もう一品おまけじゃ」と言われれば、(情け深い王様なのだ)納豆を挙げる。

「もう一品、言うだけ言うてみい」ということになると、このあたりから迷いが生じる。イカの塩からを挙げるか、メザシにするのか。明太子だって決してわるいわけではないし、イクラがいけないという理由もない。

イカの塩からが四位でメザシが五位であるという理由が特にあるわけでもない。迷いに迷い、秋の叙勲の勲何等とかを推挙する委員になったような心境になる。

こういう推挙には公正を期さなければならないが、メザシには日ごろ何かとお世話になっているので、塩からと差しかえてメザシを四位に、と考え、いやいやもしこのことが後日バレたら、塩からに何と申しひらきをするのか、と、心は千々に乱れる。

しかしよく考えてみれば、異国であすにも処刑される身の上であるから、秋の叙勲の選考どころではないはずだし、エート、しかし、王様に「もう一品、言うだけ言うてみい」と言われているわけだから早く結論を申しあげなければならないし、ま、この際、思いきってイカの塩からにはわるいがメザシを推挙することにしよう、というわけでようやくメザシ四位。

ここで一応整理すると、一位生卵、二位塩鮭、三位納豆、四位メザシということになる。

一位の生卵を意外に思う人は多いと思う。このことを人に言うと馬鹿にされるので、これまでひた隠しにしてきたのだが、この際、思いきって言ってしまうと、ぼくは〝世の中で一番おいしいものを一つだけ挙げろ〟と言われたら迷わず「生卵」と答える人間なのである。
この世で〝醬油を二、三滴たらした生卵〟以上においしいものはない。
ホーラ、馬鹿にしたでしょう。

生卵はあまりに身近で、あまりに安価なために、人々は生卵のおいしさに気づかないだけなのだ。

フォアグラもキャビアも、スッポンもフグも、生卵のおいしさにはかなわないのだ。ホーラ、また馬鹿にしたでしょう。

いいんだオレは。本当にそう思っているんだから。

生卵を食べるたびに、〝鶏はどうやって自分でこういう味付けをしたのか〟と不思議でならないほどおいしい。

黄身には蛋白質の極限ともいえるようなコク味があり、白身はそれほどの味はないが黄身のコク味を際立たせ、醤油の味を引き立たせる役割をしている。ゴハンにかける場合は醤油の量を増やす。熱々のゴハンのまん中にくぼみをつくり、とりあえず半分だけ注ぎこむ。

卵は早目に冷蔵庫から出しておき、室温にしておくと熱々のゴハンによくなじむ。ゴハンに黄身と白身と醤油がまとわりつき、少し熱がまわったかな、というところをハフハフとかきこむ。

塩鮭の二位は妥当なセンなのではないか。

塩鮭は皮がおいしい。特におなかのところの皮がおいしい。塩鮭を食べるとき、「ボク、皮だめなの」などと言って皮をグルリと剥《は》いで皿のわきに置いておくガキがいるが、こういうガキには鮭を食わすな。その皮こっちによこせ。

塩鮭の腹皮のところは脂と塩がよくなじんでおり、噛みしめるとジワッと塩と脂が滲み出てきて、「ああ、ここはもうどうあってもゴハン」ということになって熱々のゴハンをかっこむということになる。

三位の納豆も納得いただけると思う。
ただし、ぼくの場合は、納豆の豆よりもそれから発生したネバネバのほうに重きをおく。
納豆は、豆よりもあのネバネバを味わうものだと思う。
だからもし王様が、（また出てきた）「納豆全体というわけにはいかぬ。豆かネバネバか、いずれか一つにせい」と言うならば、（言わないって）迷わず「ハッ。ネバネバのほうを」と申しあげるつもりでいる。

ネバネバをたくさん発生させるためには、醤油を入れる前にかきまわさなければならない。醤油を入れてからだと、ネバネバはそれほど発生しない。醤油を入れずに一分以上かきまわす。

醤油はいっぺんに注ぎこまず、少し入れてはかきまわし、また少し入れてはかきまわすということを数回繰り返す。

こうすると泡さえ立って驚くほどの量のネバネバが発生する。

こうなってから初めてネギとカラシを入れる。カラシは大量。

こうしておいて一分以上たってから食べる。ネギと納豆の豆に醤油がほどよく浸透する時間を与えるわけだ。

納豆だって少し静養の時間をもらわないと、攪拌《かくはん》につぐ攪拌で目が回り、本来の力を発揮できないにちがいない。

白菜のお新香の葉っぱのとこ

いま、白菜のお新香がおいしい。

白菜のお新香は寒くなるにつれてどんどんおいしくなる。

外には北風がビュービュー吹いていて、地面には霜が降り、手が寒さでかじかむぐらいになると、白菜のお新香はがぜんおいしくなる。

白菜のお新香もタクアンも、こういう厳しい外の空気に触れさせておくとだんだんやる気を出してくるようだ。

スーパーやデパートなどでも白菜のお新香を売っていて、見た目はいかにもおいしそうだが食べてみるとそれほどでもない。

外の厳しい空気に触れたことのないお新香だからだ。

こういう厳しいアウトドア生活中の白菜のお新香を、うんと寒い朝取り出し、洗って切り、朝食の熱いゴハンといっしょに食べるとおいしい。

お新香も本当は、出したて、洗いたて、切りたての三たてが一番おいしいのだ。

ぼくは昔はまん中の芯の白くて柔らかくて少し甘いところが大好きだったのだが、最近はなぜか緑色で薄い葉っぱのあたりが好きになってきた。

この薄い葉っぱのところにほんのちょっぴりお醤油をつけ、熱いゴハンに巻いて食べる。これがおいしい。たまらんです。

この作業を詳述すると、一口分のゴハンの上に葉っぱのところをかぶせ、しかるのちに葉っぱの両端を箸でもって下方に下垂せしめ、ゴハンの裏側のところで両者を合致せしめたるのちに口中に投ずる、ということになる。

ハグハグ、シャクシャク、なんともいえんです。

そうやって白菜のお新香を食べていたある朝、ぼくはある重大な発見をしてしまったのだ。
①葉っぱのところをゴハンに巻いて食べる。
②葉っぱのところを折りたたんでゴハンの上にのせて食べる。
①と②ではまるで味が変わるのです。
あれれ、と思うほど変わる。

どど、どうして？　と思うほど変わる。

さあ、なぜでしょう。

忙しい人はここから先は飛ばし読みでいいが、ちょうどいまヒマだ、という人はいっしょになって考えましょうね。

まず考えられるのは、「一口分のゴハンに対する白菜のお新香の葉っぱのところの部分的偏在と混在の相違」ということである。

まるで新中性子理論の発表のようなタイトルになってしまったが、（どこが？）要するに、のせて食べる場合はゴハンの上に偏在するが、巻いて食べる場合は混在というかたちになる。

広域化、という表現でもいい。

これで十分説明できただろうか。

納得できない人のために、ぼくは

冬の朝の
白菜の
お新香の
葉っぱんとこの
ぐるり巻き食い
たまらんです

「マグロ寿司初期舌上感知古女房理論」というものを発表せねばならず、その前に「マグロネタゴハン上部下部両域設置全国推進委員会」というものを設立しなければならない。

身辺にわかに忙しくなってきたようだ。

マグロの握りは、ふつうネタを上側にして口に入れる。

そうすると、口に入れたとき、まず舌の上に直接のるのはゴハンだ。

すなわち舌がまず感知するのはゴハンの味である。

ゴハンというものは毎日毎日食べていて、それが舌の上で感知されてもそれほど感動を呼ぶものではない。

ま、いってみれば古女房の味とでもいうようなものであろうか。

もし、舌の上にゴハンじゃなくいきなりマグロが来たらどうであろうか。

舌はどんなにか新鮮な思いを味わうことであろう。

だったら話は簡単じゃないの、古女房を上にして食べればそれですむことじゃないの、と人はいうかもしれない。

それがみみっちいというのです。

だからあなたは出世しないのです。

マグロを古女房の上と下と、両側に貼りつけるのです。ね、あなたもこういう大きなことを考えなさい。

やがて全国の寿司屋で、上と下と両側マグロが貼りついた豪華な寿司を食べられる時代が来るのだ。

そういう時代が来るように、そういう運動を全国的に展開しようというわけなのだ。

だけどそうなったら、いまでも高いマグロの握りの値段が更に高くなるじゃないか、だって？

だからあなたは考え方が小さいというのです。

現状のマグロのネタの厚さを半分に切るのです。

上下
両側
マグロ・ネタ
貼りつき
寿司
たまらんです

それを上と下に貼りつけるのです。

それじゃせっかく厚かったマグロが薄くなっちゃって、せっかく厚いマグロで喜んでいたぼくの立場はどうなるの、だって？

もう、ほんとにグチグチ、ブチブチ嫌な性格だなあ。

だから古女房にも嫌われるのです。

もともと、元の厚さはあるわけだから、口の中に入れればいずれ元の分量になるわけでしょうが。

エート、白菜のお新香の話はどうなっちゃったんだっけ。だいじょぶです、ちゃんとまとまります。

つまり、白菜のお新香の葉っぱをゴハンの上にのせて食べると、舌の上にはまず古女房が来ると。新鮮でないと。

巻いて食べると、まず舌の上に来るのはおいしい白菜の葉っぱであると。新鮮であると。

こういうことです。

最後に言っておきますが、古いという言葉は英語でいうとオールド。日本にはわざわざオールドと名付けた銘ウィスキーがあるくらいで、ぼくももちろん、〝とても良い〟という意味で使ったわけなのです。念のため。

ヒーハの究極

キムチが現れるまで、ゴハンの世界は静かだった。
白菜のお新香でゴハン。
納豆でゴハン。
塩ジャケでゴハン。
いずれも静かな食事だった。
ゆっくりとした箸づかいで、落ちついて、心静かに、しみじみと食べる食事だった。
たとえば〝笠智衆《りゅうちしゅう》〟*という人がいましたね。
あの人がよく似合う食事。
笠智衆氏が、白菜のお新香でゴハンを食べればまさに絵になる。
ところが、ゴハンの世界にキムチが加わって様相は一変した。

キムチはまた、ゴハンに実によく合うんですね。

キムチでゴハンは、心静かに、しみじみ、というわけにはいかない。

それでも最初のうちは、心静かに、しみじみ食べ始める。

そのうち、少しずつ、ヒーヒー言い始め、ハーハーが加わり、次第に息づかいが荒くなり、鼻の頭の汗を拭いたり、首すじをぬぐったり、いろいろと忙しくなっていき、だんだん動きが激しくなっていって、やがて躁状態となり、次に半狂乱になる。

誰でもそうなる。

たとえ笠智衆先生でもそうなる。

笠智衆氏が、息づかい荒く、ヒーヒー、ハーハー言いながら、半狂乱になって激しく箸を使っているところを想像していただきたい。

同じ白菜でありながら、白いのと赤いのとの違いだけで、こうも人間を変えてしまうのである。

キムチにはそれほどの魔力がある。

キムチは、その姿態からしてすでに凶悪である。

カクテルにブラッディ・マリーというのがあるが、まさに血まみれの白菜だ。

お新香界の暴力団、という観もある。

白菜の一枚一枚のすみずみにまで、ヌルヌルねっとりとしがみついているまっ赤な唐辛子。

これがもし目に入ったら、という恐怖感を覚える。

焼き肉・ゴハン・キムチは名トリオだが……
ゴハンが汚りる
焼き肉のタレとキムチの複合汚染

葉と葉の間に棲みついている、こまごまとした得体の知れない魑魅魍魎《ちみもうりょう》。

見ているだけで咳きこみそうだが、見るからに旨そうだ。芯のあたりの厚みのあるところも旨そうだが、唐辛子とニンニクのぬたに埋もれている柔らかな葉先も旨そうだ。

その魔力に魅入られたように、

「ウーム、しかし、これはこれは……」

などと、言いながら、おそるおそる箸を出す。

最初の一口はまず葉先でいこう、と思う。

赤くねっとりしたものが、びっしりとまぶされている葉先を、熱いゴハンの上にのせてくるりと包みこんで一口。

ひと噛みあたりは何ともないが、ふた噛みあたりで、ゴハンの熱さと唐辛子の辛さで、思わずヒーと言う。

これが半狂乱の始まりである。

どうにも辛い。舌のつけ根のあたりの両脇が痛い。痛いが旨い。

白菜の甘み、ゴハンの甘み、ニンニク、唐辛子、魑魅魍魎どもが醱酵した乳酸菌の酸味、それに塩味と辛さが加わって、口の中はもう大混乱、大悦楽。

凶暴なおいしさ、というのはキムチをおいて他にない。

目には涙、額に汗。

しかしキムチは、一口食べたらもうやめることはできない。こんなにもゴハンに合うおかずがあったのか、という気持ちになって、またおそるおそる箸を出し、三口、四口と食べていくうちに必ず半狂乱になる。

だんだん、辛いんだか、旨いんだかわからなくなって、もうダメ、これが人類の限界と思いつつも、どうにも止まらず、白菜から唐辛子をこそげ落としながら食べている人もいる。

ときどきゴハンだけ食べて、キムチで受けた打撃と興奮を、ゴハンでなだめている人もいる。

比較的凶暴性の少ない芯のところを食べ、興奮をしずめ、再び凶暴な葉先にいどんでいく人もいる。

葉先で打撃を受けた舌を、芯のところで休ませていたわけだ。

後者のほうが、前者よりキムチの上級者であることは言うまでもない。

キムチは、ゴハンだけでなくいろんなものに合う。

ラーメンにも合うし、キムチチャーハンも旨い。

大阪の「金龍《キンリュウ》」というラーメン屋は、「キムチ取り放題」が人気を呼んで、夜など道路いっぱい客があふれている。

韓国では、飲食店で料理を一品頼むと、必ずキムチがついて出てくる。

日本で、丼物にタクアンがついてくるようなものだ。

話は突然変わるが、国花や国鳥というものがありますね。

たとえば日本では、国花はサクラで国鳥はキジだ。

そういう意味で、国新香（くにしんこと読む）というものがあっても少しも不自然ではないような気がする。

タクアンをなめてはいけなり！
タクアンを拝んでいる人
国新香さま！

新たに国新香を制定するとすれば、むろん日本ではタクアンということになり、韓国ではキムチということになる。そうなるとキムチにも新たな意味が加わってきて、ゴハンにキムチは、まさに日韓友好のシンボルということになってくる。

それにしても、辛いものはどうしてこうゴハンに合うのだろうか。

キムチが出現するまで、辛いものがこんなにもゴハンに合うということを日本人は知らなかった。

メンタイコが出回るようになって、日本人はさらにそのことを確信するようになった。

メンタイコも、ゴハンに実によく合う。

そこでですね、ぼくは恐ろしいことを考えついてしまったのです。

そこまでやっていいのか、人の道にはずれるのではないか、という非難は覚悟の上。それは、「究極の激辛おかず」です。

激辛のメンタイコを激辛のキムチで包み、それをタバスコでまぶすという「メンタイコキムチ包みタバスコ和え」というものなのですが、ぜひ一度おためしください。

＊日本の俳優。一九〇四―一九九三。

納豆・ネバこそ命

「納豆については一家言ある」

という人は多い。

「いや、わたしは二家言あります」「私は三家言あります」という人もいて、「いいかげんにしなさい」と言いたくなるほど、納豆についてはうるさい人が多い。特におじさんがうるさい。

最近はあまりそういうことはなくなったが、その昔、安い旅館などでは朝食に納豆が出た。

そういう場所で、不用意に、いきなり納豆に醤油をかけようとして、おじさんに「待て」と制せられた人は、かなり多かったはずだ。

そこからひとくさり、おじさんのウンチクが始まる。

「いきなり醤油をかけたりしては、せっかくのネバネバが十分に出ない。まず納豆だけをかきまわす。無念無想、一心不乱にかきまわす。そうしてから、こう、醤油とネギを入れ……」

「いや、わたしの場合はですね……」

と別のおじさんが、そのおじさんを制し、

「いや、待て、それを言うならむしろ……」

と、また別のおじさんが身をのりだす。

こと納豆となると、なぜかおじさんたちは興奮するようだ。

おじさんが十人いると十とおりのやりかたがあり、それぞれが堅い信念に基づいた〝納豆道〟とでも言うべきものを確立しているのである。

ただ、どの納豆道にも、一つの共通した基盤がある。

それは〝尊ネバの思想〟である。

納豆から、強固で良質のネバネバを大量に作り出したい、という願望である。それは悲願と言ってもよく、それにかけるおじさんたちの情熱は並々ならぬものがあって、見ている人の顔をそむけさせるものがある。

「納豆かきまわしはおとうさんの仕事」

ときめている家庭も多いはずだ。

「おとうさん、納豆お願い」

と言われて、おとうさんは重厚にうなずく。

発泡スチロールの容器から、納豆を深鉢にうつす。そうして、おもむろにかきまわし始める。

納豆をかきまわしているときのおとうさんは、いつもと違って威厳に満ち、確信にあふれている。

眉のあたりに納豆作製に命運をかける、不退転の決意がみなぎっている。

「これぞ男の仕事」

おとうさんの顔には満足感さえ浮かんでいる。(実際の話、男の仕事ってこんなこ

とぐらいしかなくなってしまったんですね）

およそ一分、おとうさんは納豆をかきまわし続けたのち、箸を垂直に立て、スッと真上に引き抜く。

これぞ〝納豆道尊ネバ派糸抜きの秘術〟の極意である。

箸を垂直に立てることによって糸の乱立を防ぎ、一本に収束させるのである。

深鉢の中の納豆は、いま、攪拌と粘転の激動の時代を終え、事態は動乱から収束へと向かいつつある。

泡となったある部分は、プクプクと音を立て、膜となったある部分は、音もなくその姿を消す。

それをじっと見つめるおとうさんの目に、何事かを成し遂げた男の、満足の歓びが浮かんでいる。

そこのところへお醤油を少しそそぐ。いっぺんに、全量をそそいでは、ネバの粘度が弱まる。

おとうさんは、何よりもそれを嫌う。

少しそそいではかきまわし、またそそいではかきまわす。醤油たっぷり、すなわちネバ汁たっぷりがおとうさんの方針なのだ。
おとうさんとしては、ネバ汁さえあれば、むしろ豆のほうはなくてもいい、という
くらいの尊ネバ派なのである。
いや、尊ネバ攘豆派と言ってもいいくらいのスジ金入りなのだ。
醤油を入れ終わったら、ネギを入れる。ネギを入れてかきまわし、最後にカラシを
入れてかきまわす。
ネギは、よく水を切っておく。
そうしないとネバがゆるむ。
あとのものは一切入れない。
卵などもってのほか。卵を入れるとネバがゆるむ。
大根おろしももってのほか。あれもネバがゆるむ。
むしろ、オクラ、山芋、根昆布などのネバ軍団で、ネバを補強したいとさえ考えて
いるくらいなのだ。
ネギ、カラシと入れ終わったら、すぐには食べないで少し時間をおく。
こうすると、豆やネギに醤油がしみこむ。
「きょうも納得のいくいい仕事ができた」

と、おとうさんは、熱いゴハンの上に、たっぷりのネバ汁をかける。

箸の先でゴハンとよくなじませ、ズルズル気味にかっこむ。

納豆の豆が出しきってくれたネバネバが、醤油とうまく混ざり、熱いゴハン粒の表面にねばりつき、やがてゴハンのネバネバといっしょになってネバネバとねばり、いつのまにか豆のほうもネバネバと歯ぐきにねばりつき、口の中は納豆特有のネバネバの香りに満ち、ゴハン三杯は食べねば、と思いつつせわしなくズルズルとかっこむ。

実にうまい。

思わず、「ズルズルいきそう」という気持ちになる。

最近の納豆はものものしい

そうしておとうさんは、「やはり納豆の命はネバ汁だなあ」との思いをいよいよ強くするのである。

ところが、最近になってこうした尊ネバ攘豆派の前に立ちはだかってきた一派がある。

〝糸無視派〟の出現である。

〝ネバ邪魔派〟とも言い、要するに、納豆のネバネバする糸は邪魔なので無視するという一派である。

この派は女性が多く、納豆をヘルシー感覚でとらえているのだ。

納豆入りサラダドレッシングとか、野菜サラダそのものに混ぜ合わせるとか、納豆入りスパゲティとか納豆サンドとか、そういう、おとうさんたちには思いもつかぬものに納豆が採用されだしたのだ。そういう使い方には、納豆のネバネバはむしろ邪魔だというのだ。

なんということを言うのだ。

だから、納豆を水で洗って使ったりするのだ。

なんということをしてくれるのだ。

「納豆はネバが命」と信じきって生きてきたおとうさんは、これから何を信じて生きていったらいいのか。

きょうもおとうさんは、納豆をかきまわしている。

いくぶん信念はゆらぎはしたものの、ネバ作製に心血をそそぎながら、小さくつぶやいている。

「ネバー　ギブアップ」

海苔の醤油は内か外か

ＴＢＳラジオの「大沢悠里《おおさわゆうり》のゆうゆうワイド」という番組を聞いていたら、番組に毎日出ている毒蝮三太夫《どくまむしさんだゆう》さんが、

「ゴハンに海苔《のり》を巻いて食べるとき、お醤油をつけたほうを内側（ゴハン側）にして食べるか、外側にして食べるか」

という話をしていた。

うーむ、なるほど。

そういえば自分はどっちだったろう。内側のときもあれば、外側のときもあったような気がする。

つまり、いちいちそんなことを気にしないで食べていたようだ。

うーむ、そういうことではいかん。

この不況の世の中では、大きな喜びは手に入れにくい。

大きな喜びはお金がかかりがちだ。こうしたお金のかからない、小さなことの一つ一つに、喜びを見出して生きていかなければならない時代なのだ。

ゴハンに海苔を巻いて食べるとき、どっち側に醬油をつけるか。

内側につけた場合と、外側につけた場合とでは、どのような味のちがいになるのか。

内側と外側ばかりではなく、両側という食べ方もあるではないか。

その場合はどうなるのか。

まてよ、上下両側から海苔を巻くダブル二枚巻きというテもあるではないか。

うーむ、意外にも奥の深いテーマであったな。

と、ここまで書いてきて、ふと不安になった。

もう、五、六年ぐらい前に、コラムで「目玉焼きの正しい食べ方」というのを取りあげたことがある。

——目玉焼きをどうやって食べるか。これは大問題だ。幾多の人類がこの難問に挑戦し、そうして失敗してきた。——

という書き出しでその文章は始まっている。

そうしたらですね、兵庫県の六十九歳という男性から投書がきた。

——目玉焼きをどう食べるかなどという愚にもつかぬどうでもいいことをぐたぐた書くな。あんなものはずるずるっとすすりこめばいいのだ。そんなことを考えるヒマがあったら天下国家のことを考えろ。しっかりしろ。——

という激しい怒りのハガキで、怒りのあまりか、ボールペンがハガキにめり込んで、字の一画一画がミゾになっていてとても怖かった。ふと思い出してしまったのである。このハガキを海苔をゴハンに巻いて食べるとき、どっち側に醤油をつけるか。もし、かの兵庫県の老人がこの一文を読んだら、

「まだそんなことを考えているのかっ」

と激怒のあまり、こんどはボールペンがハガキを突き抜けるにちがいない。

でもいいや。

天下国家のことはどう考えても面白くないし、海苔に醬油の問題はどう考えても楽しい。

実行するのは更に楽しい。

そこでさっそく、熱いゴハンと海苔と醬油を用意した。

大判の海苔を味つけ海苔大に切る。

テーブルの上のゴハンからは湯気、海苔からは海苔の香り、醬油からは醬油の香り。楽しいな。

まず海苔に軽く醬油をつけ、つけた側を内側にしてゴハンに巻いて食べてみる。モシャ、モシャ、モシャ、うん、なんか、こう、全体の味が一定になるまでに少し時間がかかるようだ。

ゴハンと海苔と醬油の入り混じった味になるまでに、ほんの二、三秒だが少し間《ま》がある。

この二、三秒の、味が立ちあがってこない間《ま》がなんだか寂しい。ゴハンと海苔と醬油が団結して、こっちを仲間はずれにしているような寂しさを味わわされる。

そこでこんどは、醬油側を外側にしてゴハンを巻いて食べてみた。

（兵庫県の老人、怒ってるだろうな）

これがよかった。

いきなり口の中が賑やかになる。

仲間はずれにされて寂しい思いをする期間がない。

いきなり醬油の味がくるが、間髪を入れず海苔の味がきてゴハンの味がきて三者はたちまち混然となる。

自分は
海苔まぶし
ゴハンの
香りが
好きで
たまらんと
ですたい

ときどきゴハンだけの味がして、ときどき醬油まみれのゴハンの味がして、それに海苔がからんだ味になる。

海苔の香りと醬油の香りが口一杯にひろがり、改めて醬油の混ざったゴハンのおいしさを感じさせられる。

次はいよいよ両側だ。

（兵庫県の老人、ハガキを取りに立ちあがったろうな）

これも正解だった。

醤油の量が増えただけ、という感じもあるが、醤油好きの人にはこたえられないはずだ。

このテーマを持ち出し、どっちが好きか、と人に問うと、

「絶対に内側」

と答える人が圧倒的に多い。

「だって、いきなり醤油の味がくるのは嫌」

という理由なのだが、そのいきなりがいいのだ。いきなり嫌悪派は、そのいきなりが嫌だという。

（兵庫県の老人、ハガキを突き破っているだろうな）

それにしても、海苔だけの食事はいい。食事に品がある。食事というものは、どうしても人間の動物的な面が出てしまうものだが、海苔の食事にはそれがない。清涼の気配さえある。

海苔巻きゴハンを食べたついでに、海苔かかった船というわけで〝海苔まぶしゴハン〟というものを作ってみた。

海苔をハサミで1cm×4cmぐらいの短冊形に切り、お醤油にひたしてゴハンに混ぜ

て食べる。これもよかった。

海苔と醤油の香りがゴハンから立ちのぼる湯気の中に混ざり、その湯気を嗅いだだけでうっとりとしてくる。

塩っぱいタラコ

スーパーに行くと、どのスーパーにも必ずタラココーナーがある。タラコ愛好家はまだまだたくさんいるのだ。メンタイコ愛好家が増えているとはいうものの、なかなかどうして、タラコファンも健闘しているのだ。

それにしても、タラコファンは、タラコを買って帰ってどういう食べ方をしているのだろうか。

まず考えられるのは、ゴハンといっしょに食べる食べ方である。あとは、タラコをほぐしてタラコスパゲティとか、エート、あとは何だろ。

納豆を使った料理の本とか、豆腐料理の本とかはたくさんあるが、不思議に〝タラコ料理〟の本は見たことがない。だからどういう料理法があるのかよくわからないのだ。ゴハンで食べる場合、タラコ愛好家はタラコをどういうふうに料理して食べるのだろうか。

「タラコはいっさい料理しません。トレイのパックをピリッと破いて、皿の上に静かに横たえるだけです」

という人が多いのではないだろうか。

ポッテリしたタラコを皿の上に横たえ、脇腹のあたりを箸でチョイチョイと突きくずしては熱いゴハンの上にのせて食べる。またチョイチョイと突きくずしてはゴハンといっしょに食べる。というようなことを友人に話したら、

タラコ唇の人は
自分でタラコの味が楽しめます

「いえ、わたしは脇腹からはいきません。シッポのほうから粛々といきます」

という答えが返ってきた。

タラコに脇腹やしっぽがあるのか、という問題はあとまわしにするとして、つまり、この友人も、タラコを買って帰ってから一切手を加えずに食べているということがわかった。

こういう買って帰って一切手を加えずに食べ

る魚類製品は非常に少ない。

刺し身だって、醤油をつける、という作業をする。

カマボコなら、まず切る。切ってから醤油をつける。

タラコに限っては何もしない。〝皿の上に静かに横たえる〟というぐらいの作業しかしない。横たえて、いきなり脇腹を攻める。

こういう製品を、食品流通業界では「いきなり食品」という専門用語で呼んでいるのだが（ウソです）、とにかく大抵の人はタラコを生で食べているようだ。

ところがですね、昔はですね、タラコは焼いて食べるものだったのですね。それに、昔のタラコは猛烈に塩《しょ》っぱかった。

猛烈に塩っぱいタラコを、裏表こんがり焼いて、ゴハンにのせて食べたり、お弁当の上にのせて持ってったり、お茶漬けにして食べたりしたものだった。

この猛烈に塩っぱいタラコのお茶漬けがウマかった。しみじみウマかった。

そのころは塩ジャケも口がひんまがりそうになるほど塩っぱかった。

当時、タラコと塩ジャケは、業界では「二大ひんまが食品」と呼んでいたのだった。

（ウソに決まってます）

だけど、塩ジャケもタラコも、猛烈に塩っぱいところがウマかったのだ。

昔の塩ジャケは、薄くて小さくて見た目は貧弱だったが、皮のあたりとか、腹皮のフチあたりには、白く塩が吹いていて、この〝塩吹き地帯〟がこたえられないぐらいウマかった。最近、梅干しも塩ジャケも、タラコも漬物も、みーんな塩分ひかえめとか称して塩っぱくなくなってしまった。

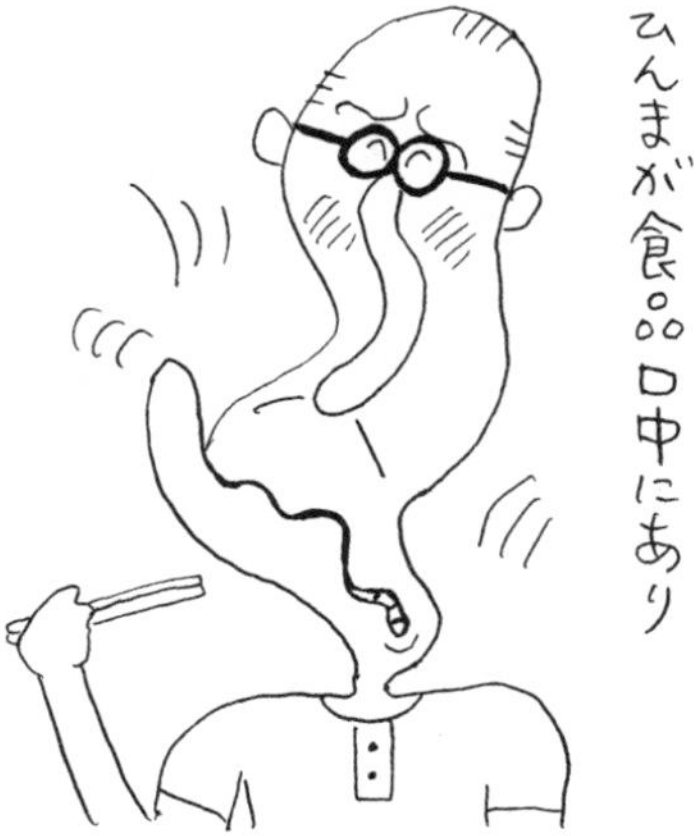

ついこのあいだ、中華料理店でザーサイを食べたら、徹底的に塩気が抜いてあってウマくもなんともなかった。

昔のザーサイは〝ひんまが食品〟の親分のような存在で、ものすごーく塩っぱかったのだ。

塩分がカラダによくないというが、うんと塩っぱいものはほんのちょっとの量しか食べない。

昔のタラコなんか、箸の先にほんのちょっとつけてゴハンを一口食べたものだった。

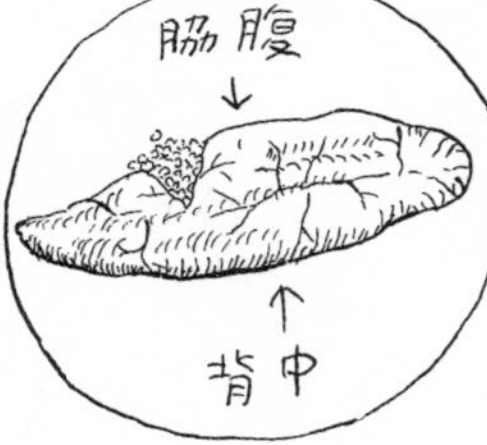

「わたしなんか、タラコ二粒でゴハンを一口食べたものです」

という人もいる。（いません）

タラコを生で食べるようになった歴史は比較的新しい。

それはメンタイコの普及と共に始まったような気がする。

メンタイコが九州で発明されたのが昭和二十四年だそうで、それが全国的に普及しはじめたのが、山陽新幹線の博多開通の昭和五十年あたりではないかといわれている。

生のタラコは、脇腹もしっぽも、全域同じ味である。

どこを食べても、少し湿って、少し塩っぱくて、少し生ぐさい魚卵の味だ。

ところがこれを焼いたとたん、各地域の味が変わる。

火の通り方の違いで味が変わる。

特に皮の味が変わって見ちがえるようにウマくなる。

特にうんと塩っぱいタラコほどウマくなる。うんと塩っぱいタラコを作るのは簡単で、買ってきた「甘塩タラコ」に塩をびっしり振ってラップで包んで三時間ほどおけばよい。五時間ほどおけば昔の〝ひんまがタラコ〟に近くなる。この塩っぱいタラコの皮は、焼くと塩漬け魚卵特有の発酵臭のようなものが生まれる。

うまく発酵したイカの塩からのようないい匂いがする。中身と違う味になるわけですね。

自分は中身と同じだと思っていた皮が、焼かれたことによって目覚めるわけです。自分は皮であったのだと。

生のタラコの皮ははがれないが、焼くとピリピリとはがれる。はがれた皮の内側に、まだよく焼けてない中身が少しくっついてきて、これをゴハンの上にのせて食べると、よく焼けた皮の味と、まだ生焼けのタラコの味がいっしょになって、なんともうこたえられませんですよ。ハグハグ。お茶漬けもこたえられませんですよ。ハグハグ。

海苔の一膳

今回は海苔の佃煮でいこうと思い、書き始めてはみたものの、なんだか急に心細くなってきた。

海苔の佃煮というテーマで、一回分の原稿が書けるものかどうか。

海苔の佃煮は、話としての発展性に乏しい。

海苔の佃煮は、熱いゴハンにのせて食べるととてもおいしい。

と書いて、あともう何も書くことがない。

海苔の佃煮について、このほかに何か書くことがあるだろうか。

弱った。

この原稿は、一回分が、四百字詰め原稿用紙で約六枚だ。ここから先、もう書くことがないので、では、さようなら、というわけにもいくまい。

やはり、海苔の佃煮で一回分の原稿は無理だったのだろうか。

しかし、もう締め切りまであまり時間がない。いまから別のテーマを考えて、それについて書くというのはとても無理だ。

あのう、こういうことってありませんか。

海苔の佃煮は、「ごはんですよ！」のようなビン詰めの小さな口に、ジカに箸を突っこんで食べてこそおいしい。

もしあれが、珍味入れのような小鉢に入れられて供されたらどうか。

同じビン詰め仲間のイカの塩辛とか、コノワタなどは、小鉢に入れられてもイキイキとしている。魅力ある食べ物であることに変わりはない。

海苔の佃煮はどうか。

どうもなんだか、急に落ちぶれたよ

うに見え、急に魅力が色あせる。

やはり、あの小さな口に箸を突っこみ、あてずっぽうに海苔をさぐってつまみ取り、引っぱり出して箸の先を眺め、

「うん、とれた」

なんて思いながら、ゴハンの先に少量ペタペタなすりつけて食べてこそおいしい。

一回目で箸の先に収穫が少なかった場合は、もう一回箸を突っこみ、今度は多すぎ、もう一回やり直してつまみ出したりして食べてこそおいしい。

〔海苔の佃煮は、ビンの間口の小ささにおいしさがある〕

桃屋の「江戸むらさき」のビンの口の直径は三センチだ。

お箸というものは二本そろえると大体一センチの幅になる。余裕が二センチしかない間口の中で、箸をあやつる不自由さ。それを経験するからこそ、あとで海苔の味が生きてくる。

うん、ここまでで、すでに原稿用紙二枚半。

なんとかもちこたえてきたぞ。

海苔の佃煮でなんとかなるかもしれない。

海苔の佃煮は、ビンのままで食べてこそおいしい。そのビンも、間口が狭くなけれ

ばおいしくない。

それが証拠に、たとえば、「宴会用お徳用袋一キロ入り」なんていうのがあるとしますね。

これを、ラーメン丼のような大鉢に山盛りに盛りあげて、宴会のテーブルにドンと出したらどうか。

おそらく誰も手を出さないにちがいない。誰も手を出さないので、これを桃屋の小ビンに一つずつ詰めて、一人一人に手渡すと、今度はみんな急にうつむいてビンをほじり始めるはずだ。

そういうものなんです、海苔の佃煮というものは。

……。

エート、あとなんかないかな。

……弱ったな。

あともう少しなんだけど、あとが出てこない。やはり海苔の佃煮を取りあげたのは間違いだったのだろうか。

海苔の佃煮は、熱いゴハンにのせて食べるとおいしい。

あ、これは最初のほうで一回書きましたね。

でも、その食べ方なんですが、大抵の人は、一口分のゴハンの上にちょこっとのせて食べる。

〝のせ食い〟ですね。

この食べ方以外の食べ方で食べたことありますか。

ないでしょう。

その①　ゴハン茶わんに半分ぐらいのゴハンを入れ、適量の海苔の佃煮を混ぜて〝海苔つく混ぜゴハン〟にして食べる。

こうすると、海苔がジカに口の中に当たることがないため、海苔の味がとてもマイルドになって別の味になる。プーンと海苔の香りも立つ。

その②　一枚の干し海苔を、味つけ海苔大に切る。これに海苔の佃煮をうすく塗る。
〝海苔ダブル〟というわけですね。これでゴハンを巻いて食べる。
醤油の代わりに海苔の佃煮を使うという、まことに贅沢なものだ。
口の中で、干し海苔の味と、海苔の佃煮の味がして、同じ海苔なのに、こうもはっきり味がちがうか、と思っているうちに、両者は渾然《こんぜん》一体となって熱いゴハンと混じり合う。うまかー。楽しかー。

さっきの〝海苔つく混ぜゴハン〟に海苔を巻いて食べるというテもある。これはこれで、また別の味になる。

……。

ゴールまであと十数メートルなのに、足がもつれて前へ進まない。

エート、やはり桃屋の製品で、*「お父さんがんばって！」というのがありますね。すばらしいネーミングだと思う。海苔の佃煮というもののありようを的確に言い当てている。

しかし「お父さんがんばって！」があって、なぜ「お母さんがんばって！」がないのか。

海苔の佃煮の一ビンの消費量は、長い目でみれば絶対におかあさんのほうが多いと思うのだが……。

と、おとうさんは、なんとかがんばってゴールにたどりつきました。ヤレヤレ。

＊現在は販売終了。

3章 ゴハンの文化編

ごはんのヘンテコ食い

フォークの背中にごはんをのせて食べた経験はありませんか。

あるんです、ぼくには。

恥ずかしー。

けっこう長期間、十年以上、フォークの背中にごはんをのせて食べてました。

それがマナーだった時代が日本にはあったのです。

ぼくだけでなく、レストランの中では全員がそうやってごはんを食べていた。

どうしてそんなマナーが発生したのか、いまとなってはわからないが、たぶんマナーの権威が、

「洋食でライスを食べるときは、フォークの背中にのせるのがエチケットです」

とか言ったんだと思う。

時代的に考えて、たぶんその人はいまも生きていて、反省の日々を送っていると思う。

日本のごはん史にヘンテコ期をもたらした張本人であるから、いまさら名乗り出るわけにもいかず、世に隠れて生きていると思う。

もちろん当時も、ふだんの食事、家での食事はお箸でごはんを食べていた。

洋食となるとこれが一変した。

洋食の店ではナイフ、フォークということになる。

箸は出ない。

ごはんも茶わんではなく、お皿で出てきて、ごはんではなくライスという名前になる。

ぼくが学生から社会人になっていったころは、洋食店で洋食を食べるのはかなりおしゃれな食事だった。

お皿にごはんが盛られているのは画期的な出来事だった。

お皿に盛られたライスを、ナイフ、フォークで食べるなんてことは、家ではありえないことだった。

当然、みんなが新しいマナーの必要を感じたんだと思う。

それに応えた人がいたんだと思う。

その人は、フォークの背中にごはんをのっけるというとんでもないことを思いついたんだと思う。

そうしたら、意外にもみんなが大人しく従い、しかもそれがとんでもないこととも思わず、そのまま数年間が過ぎたんだと思う。

でも、途中でヘンだと気がついたからよかった。

本人もいまは反省しているからよかった。

実際にやってみるとわかるが、ごはんを幅の狭いナイフでまとめ、それを落とさないようにフォークの背中にのせるというのは、かなりむずかしいし、時間もかかる。

なにしろフォークをおしゃもじにしているのだから。だが当時は厳正なマナーだったから、激しく揺れる新幹線の食堂車でもみんなこれをやっていた。

これが日本のごはん史の、第一次ヘンテコ期である。

日本のごはん史のヘンテコ期は、このあともう一度やってくる。

回転寿司である。

もうみんな慣れっこになってしまって、この食事形態を少しもヘンテコだと思っていないようだが、よく考えてみると相当ヘンテコです。

いいですか。

回転寿司に入る。

カウンターにすわる。

すると右の方角から皿にのった寿司がやってくる。

次から次へやってくる。

この〝やってくる〟というのが、すでにヘンテコだと思いませんか。

ふつうの飲食店でも、注文した食べ物がのった皿を、店の人が手に持って〝やってくる〟ことはいくらでもあるが、必ず〝右の方角からやってくる〟でしょうか。

この場合は、注文したからこそ店の人がその注文品を皿にのせて〝やってきた〟わけだが、回転寿司の場合は注文しないものも〝やってくる〟。

注文、ということで考えてみましょう。

注文を辞書で引くと、

「品種、数量、形、寸法などを指定して製作または送付を依頼すること」

と、ある。

回転寿司の場合は、品種、数量、形、寸法はすでに決まっていて、製作もすでに完了している。

問題は送付である。

〝やってくる〟という形で送付されてくる。

送付は絶えまなく行われていて、注文しないもの、要らないものまで目まぐるしく送付されてくる。

勝手に要らないものまでどんどん送りつけられては困るから、客のほうは商取引上の返品という形を取らざるをえない。

訪問販売などの場合は、クーリング・オフという制度が確立されていて、八日間の猶予期間があるが、回転寿司の場合は一瞬のうちに無視という形で返品しなければならない。

目の前で、送付、返品という商取引が目まぐるしく行われているのである。

もちろん回転寿司では返品ばかりが行われているわけではなく、ときには受領も行われる。

右手、上流から流れてくる皿を、すっと取りあげることが受領である。

いま、取りあげる、と書いたが、川の場合は上流から流れてくるものは、取りあげる、とはいわない。

拾いあげる、という。

回転寿司の客は、拾いあげては食べ、拾いあげては食べていることになる。

つまり拾い食いをしていることになる。

犬を散歩させている人が、犬に、「拾い食いしてはいけませんよ」と言いきかせているのをよく見かけるが、回転寿司では全員が拾い食いをしているのである。

相当ヘンテコなごはんの食べ方といわねばなりません。

かっこむ人々

「かっこむ」

という食べ方がある。

漢字で書くと掻っ込む。

丼物をかっこむ、蕎麦をかっこむ、お茶漬けをかっこむ。

そうしたものをかっこむと、どうしても姿勢が前かがみになり、せわしなくなり、ひたむきになる。

決して上品な食べ方ではないが、その一心不乱は人の心を打つものがある。

真剣、一途《いちず》、猫まっしぐら。

この一心不乱が最もよく似合うのが若い力士である。

早朝からの長くて激しい稽古のあとの地鳴りにも似た大空腹感。

息もたえだえに卓袱台にへたりこんだときには、もう目の前のチャンコ鍋以外のものは何も見えない。

もう欲も得もない、力士まっしぐら、箸まっしぐら。

食べなさい、食らいつきなさい、かっこみなさい。

このときの彼は見ていて清々しく、躍動感があって、健康にあふれ、感動的でさえある。

一方、見苦しいかっこみ食いもある。大食い競争、早食い競争などの競争もの。

人間、ここまで浅ましくなれるものなのか、と思うほどの光景がくり広げられる。

もう欲と得だけ、下品で醜悪で不様で汚くて卑しくてさもしくて無惨で浅ましくて惨めで、見栄も外聞もプライドも捨てて、よくもまあここまで自分を貶《おとし》められるものだ、と別の意味で感心する。

あれはもはや人間の姿ではない。

いずれにしてもかっこみ食いは品位に欠けがちではあるが、あながちそうとも言いきれないところもある。

お茶漬けなんかはわりに上品に食べることができる。

落語にもありますよね、いいとこから来た嫁がお茶漬けを、チンチロリンのサークサク、なんて。

それより何より、お茶漬けはかっこんで食べる以外の食べ方がないのだ。食事のマナーの本に「お茶漬けの正しい食べ方」という項目があるのかどうか知らないが、お茶漬けは誰が食べたってかっこんで食べることになる。

かっこまないで食べる食べ方、あるならここで言ってみなさい。

ホラ、どう考えてもありませんよね。

何しろお茶漬けのゴハンは茶わんの底に水没している。

しかも少量である。

お茶漬けは箸で食べることになっている。

二本の細くて先のとんがった棒を操って、どうやって水没しているめし粒をすくい上げるんですか。

そこで取りあえず茶わんを口元につけて傾斜させる。

液体は低きに流れる性質があるから、お茶漬けの茶のほうは自然に口の中に流入する。

だがめし粒のほうは底に取り残される。そこで箸で掻き寄せることになる。掻き寄せるったって、先のとんがった細い棒で掻き寄せるわけだから、途中まで掻き寄せられたものの、壮途むなしく引き返すめし粒たちも多い。

カップ麺の底に
残った麺の切れっぱしや
小さな具も
かっこみ食い
になる

ラチがあかない。もどかしい。

この、ラチがあかなくてもどかしいところがお茶漬けの真髄。

箸の先からめし粒たちが逃げていく感触が真骨頂。

お茶漬けのかっこみ食いの真骨頂はまだある。

そんなこんなして、とにもかくにもお茶漬けのお茶の部分といくらかのめし粒が口の中に入るところまで漕ぎつけました。

そうなると今度は、その連中を嚙まないわけにはいかなくなる。

いくらなんでもそのまま通過させるわけにはいかんでしょう。

そういうわけなので、ところどころ嚙む。

お茶漬けには、ここぞ、という嚙む部分がないので、嚙んだからってどうなるものでもないのだが、まるきり嚙まないってわけにもいかんでしょう。

頃合いを見て、ところどころ嚙む。あてずっぽうに嚙む。

まあ、なんですな、そういうものなんですね、お茶漬けてぇものは。

そのあたりのところが楽しいんですね。

考えてみると、かっこんで食べる食べものは意外に少ない。

とりあえず汁気がないとかっこめない。その汁気も熱いのはダメ。

盛り蕎麦はかっこめるが鴨南蛮はかっこむと危ない。

汁気とは言えないが、卵かけゴハン、これもかっこみグループに入れて差しつかえないと思う。

納豆かけゴハン、トロロめし、このあたりはどうなるのだろう。

かっこみ食いはお茶漬けを基本とし、その基本はお茶漬けサラサラのサラサラを基本にしている。

納豆、トロロ芋はネバネバにやや問題があるがここに生卵を加えればかっこめる。

と、ここまで話は順調にきたのだが問題児がいた。

名古屋名物櫃《ひつ》まぶしである。

櫃まぶしはややこしい。

途中まではふつうのゴハンとして食べ、ある時点から急にお茶漬けになる。

それまで背筋を伸ばして上品に鰻を食べていたご婦人が、急に前かがみになり、急にせわしなくなり、急に猫まっしぐらになる。

ここまで書いてきて、急にあることに気がついた。

さっき、お茶漬けはかっこむ以外の食べ方はない、と書いた。

あるなら言ってみなさい、とまで書いた。

あったんです。

スプーンです。
お詫びまっしぐら。

おかゆ物語

最近、おかゆがもてはやされているという。

例の〝ヘルシーブーム〟とかで、若い女性を中心に人気上昇中らしい。

驚くなかれ、五千円のおかゆもあるという。

五千円のおかゆでびっくりしていたら、コースで一万円のおかゆもあるという。

ぼくが、もうだいぶ前に、関西のほうのホテルで食べた「朝がゆ定食」というのは二千五百円だった。二千五百円でもかなり驚いた記憶があるが、一万円というのはただごとではない。

ぼくの食べた「朝がゆ定食」は、二千五百円もしたのに、特にどうということはない定食だった。

焼き魚、煮物、カマボコ、小鉢、しば漬、焼きのり、豆腐の味噌汁という、ごくありふれたものだった。

要するに、ふつうの定食の、ライスのところがおかゆになっているだけなのだ。もともとおかゆは、〝貧〟と関係のある食べ物である。〝病〟とも関係のある食べ物でもある。

〝貧〟と〝病〟にいろどられた、暗い食べ物なのである。

テレビの時代劇でも、おかゆは〝貧〟の象徴として出てくる。

「水戸黄門」などでも、悪代官の悪政に苦しむ農民は、いつもあばら屋でおかゆをすすっている。

かつてのバラエティー番組「シャボン玉ホリデー」では、破れ障子の部屋で中風に苦しむハナ肇に、孝行娘のザ・ピーナッツが、「おとっつぁん、おかゆができたよ」と、いつもおかゆを食べさせていたものだった。

おとっつぁんは、「いつもすまないね」と言って起きあがり、親子三人は抱きあって泣くのであった。

そのようにおかゆは、貧にいろどられ、困にまみれ、病とつながり、弱と提携した食べ物だったはずである。

貧と病の盟友だったはずである。

また、苦難にあえぐ人は、決まって「石にかじりついても」とか「たとえかゆをすすっても」という言葉を口にする。

おかゆは石と共に、〝苦難の友〟でもあったのだ。おかゆと石は、手をたずさえて、貧と病と苦と痛を支援してきたのではなかったのか。

その苦難の盟友が、時代が変わったとはいえ、ホテルのダイニングルームにまかり出て、二千五百円も取るとは何事か。

身の程もわきまえずに、〝コース〟の仲間入りをするとは何事か。

恥を知れ、恥を。

破れ障子の部屋で、ハナ肇とザ・ピーナッツと過ごしたあの日のことを忘れたのか。
ぼくはどうにも、おかゆがホテルの朝食に引きたてられた経緯が不思議でならない。おかゆが引きたてられるなら、同じ仲間のおじやだって同様の出世をしてもいいはずだ。
なのに、おじやがそうなったという話は、いまだに聞いたことがない。

おかゆは〝お〟を取った〝かゆ〟でも意味は通じるが、おじやは〝お〟を取った〝じや〟ではなんのことだかわからない。このへんにも、おじやの不運が如実に物語られているようだ。

ゴハン仲間という意味では、おにぎりだってホテルの食事に取りあげられてもおかしくないはずだ。

おにぎりの〝コース入り〟も、あってしかるべきではないのか。

このことは、お赤飯にも言えるし、山菜おこわにも言えるし、釜めしにも言えるし、鮭茶漬けにも言えるし、五目ちらしにも言えるはずだ。

これらたくさんの候補の中から、おかゆだけが選ばれたというところが、どうにも怪しい。なにかあったにちがいない。

ホテル業界とおかゆ業界の談合、などということも考えられないことではない。

ここで急に、ぼくの立場をはっきりさせておいたほうがよいと思うのではっきりさせるのだが、ぼくはおかゆにいい印象を持っていない。

もっとはっきり言うと、おかゆを憎んでさえいる。

苦難の友であったことを忘れた、とか、身分をわきまえない、とか、ハナ肇を裏切った、とか、そういったことを責めているのではない。

立身出世の過程にはよくあることだ。

そういったことではなく、おかゆそのものの性格が嫌いなのだ。

おかゆを食べていていつも思うのは、一種のもどかしさである。

これはゴハンなのかスープなのか。

「朝がゆ定食」の例で言えば、おかゆははっきりとゴハンとして扱われている。

そこで、（これはゴハンなんだ。ゴハンとして食べよう）と思うのだが、ゴハンとして食べるにはゴハン粒があまりに少ない。その上、ゴハン粒がみんなつぶれている。ちぎれているのもある。水をふくみすぎてフニャフニャになっている。

おかゆの中のゴハン粒は、米としての矜持《きょうじ》を失っている連中ばかりなのだ。

到底ゴハンとしての扱いをすることはできない。

そこで（これはスープなのだ）と考える。事実、あれはスープそのものである。

外人などは、カップヌードルさえスープとして扱うというから、そういう目からみれば、おかゆはまさにスープそのものだ。

そう思って、ズルズルとすすりこむ。

そうすると今度は、口の中のツブツブが、フニャフニャのくせに〝ゴハン〟を主張するのである。

あれはまさにゴハンなのだから、そう認識せざるをえない。

日本人には、ゴハン→嚙む、という図式があるから、つい嚙む。

しかしあの連中は、嚙んでも意味のない連中で、嚙んでも嚙まなくても形状に変わりはない。

じゃあ、もうまったくスープのつもりで、全然嚙まずにゴクゴクと飲んでしまえばいいかというと、そういうわけにもいかない。ときどき、なんとなく嚙まずにはいられない。噛んでも意味はないのだが、噛まずにはいられない。

だんだんイライラしてくる。

茶漉《こ》しで漉して、ゴハンの部とシルの部に分け、シルのほうをいっぺんにグーッと飲み、ゴハンのほうをパクッと一口で食べたくなる。

茶漉しで漉せば、ゴハンなんか、せいぜい大サジ一杯ぐらいのものだろう。

この大サジ一杯のゴハンが、丼一杯のお湯にちらばっているだけなのだ。

お湯と大サジ一杯のゴハンを別々に持ってきてもらって、そいつを手早く片づけ、あらためて、「ライスッ」と、ゴハンを注文したくなる。

パエリヤ旨いか

日本人はパエリヤを、

「どうもいかがわしい奴」

とか、

「インチキくさい奴」

と思っているところがあるような気がする。

日本人はごはん物に関しては大変な自信を持っている。

米を上手に炊いて食べる技術は日本人が世界一、という自負がある。

「お米というものはだにィ、まず研《と》ぐ、ギュッギュッと手の平で押して研ぐだにィ、そしてしばらく水につけて水を吸わせてだにィ、初めチョロチョロ中パッパで炊くだにィ、赤子泣くともフタ取るなだにィ」

と、田舎の母は嫁に「だにィの法則」を教える。この「だにィの法則」は、電気釜の時代になっても日本人の心にしみわたっている。

日本人はもともとパエリヤに親近感を持っている。なぜかというと米料理だからである。

日本の食糧の根幹である米、その米の料理、すなわちごはん物。

そしてその米に配するものが魚介類。海の民日本人が愛好してやまないイカ、タコ、海老、貝、魚……。

「日本の釜飯に似てるだにィ」

と「だにィの母」も好感を持っている。

テレビなどの海外食べ歩き番組などで、パエリヤを作っている光景が映し出される。

「だにィの母」に限らず、日本人全体

ごはんの中に貝殻が入っているのが気に入らん
ゴミためみたいにみえるじゃないか
と何かとイチャモンをつける

が、

「なんたってこっちは米に関しては本家なんだかんな」

という優越の意識でその番組を見守る。

パエリヤはスペインの名物家庭料理である。スペインの母が我が家流のパエリヤを作っている。

平べったいパエリヤ専用の鉄鍋にスープが煮たっている。

そこのところへ、いきなり袋から米をザーッとあける。

ここのところで大抵の日本人が、

「アアーッ」

と声をあげる。

「なんてことをするんだ」

と怒る。

「日本人をバカにすんのか」

と飛躍する人までいる。

生米を研ぎもせずにいきなり煮る、というやり方はどう考えても納得できない。

ここのところで大抵の日本人がパエリヤを見放す。

「ダメだ、こりゃ」

と思う。

「だにィの母」ならずとも〝嫁の実家のやり方が気にくわない姑の心境〟になる。

ところが、一度は見放しても、やはり〝米と魚介類の魅力〟に日本人は抗しがたい。

おそるおそる、という感じでパエリヤに近寄っていく。

「一度は食ってみたいものだにィ」

おこげのとこを
へずって食べると
ここもまた
おいしいのよネ

と誰もが思う。

そうして一度、食べてみることになる。

二度食べてみた、という人は非常に少ない。

一度食べてみたという人に感想を訊くと、

「……、うん、……、まあ……」

と言葉を濁す。

大抵の人が〝米に芯がある〟というところにひっかかる。

「パエリヤのごはんには芯がある」

ということは知っていて食べるのだが、それ

でもどうしても不満が残る。

特におとうさん達に不満が残る。

「ごはんというものはやっぱりこう、ふっくらとね、ほかほかとね、一粒一粒が立っていてほしいものだにィ」と「だにィの父」は嘆く。

なにしろ大抵の人が、パエリヤは〝生涯に一度の人〟だから、これが本物のパエリヤだ、正しいパエリヤだ、というものを知らない。

パエリヤとはこういうものだ、と核心に触れられぬまま食べ終え、なんだかいかがわしい奴だ、という思いだけが残る。

ぼくはどういうわけかおいしいパエリヤに当たるらしく、これまで三軒ほど行ったスペイン料理店のパエリヤはみんなおいしく、スペインに行ったとき食べたパエリヤもおいしかった。

パエリヤは、ごはん物の一種だと思うとおいしくなく、ごはん物じゃないと思うとたんにおいしくなる。

パエリヤは、〝洋風炊きこみごはん〟として紹介されることがあるが、決して〝炊いた〝ものではない。

いきなりお米を〝煮た〟ものだ。

いきなりお米を、ムール貝やイカやタコのダシのようくしみ出たスープで煮るがゆえに、スープの味がよーく米にしみこむ。

日本の炊き方だと、水分がすでによーく米の中に含まれているので、ダシの味をなかなか吸いこまない。

この〝海鮮のダシがよーくしみこんだ米〟を味わう料理がパエリヤだと思う。

と、いくらパエリヤの魅力を説いても、「だにィの母」に育てられた「だにィの父」は、

「やっぱりごはんはふっくらだにィ」

と納得しない。

デパートに行くとパエリヤ専用の鍋を売っている。

日本の鍋という鍋には必ずフタがついている。

だがパエリヤの鍋にはフタがない。

フタを使わない料理なのだ。

「スペインでは、パエリヤを作っているときに赤子が泣いたらどうするつもりだに

イ」

と、「だにィの母」はまたしても嫁の実家のやり方が気に入らない。

さあ、手づかみで食べよう

手づかみに憧れ十数年…ついに！

ある日、カレーライスを手づかみで食べてみた。

カレーライスは、ふつうスプーンをカレーに突っこんですくって食べるが、スプーンの代わりに指をじかに突っこんで食べてみたのである。

実をいうと、これはずうっと長い間、一度やってみたかったことなのであった。

もうずうっと前、インド人がぼくの隣でカレーライスを手で食べているのを見て、「ああ、自分もあれをやってみたい」

と思った。

思ったけど、いざ、実際にやるとなるとなかなか決心がつかないものなのである。

よし、今度こそ、なんて思って、カレーのドロドロの数センチ近くまで指を近づけるのだが、

「どうも、なんだか、エヘヘヘ」

なんて言って頭を掻いてしまう。

そうやって十数年が経ってしまった。

これではいつまで経ってもラチがあかない。なぜ、こんなに単純なことができないのか。インドの一部の人たちは、いまでも毎日のように、何のためらいもなく手づかみでカレーを食べているのだ。

そう思ってある日、ついにカレーのドロドロの二センチのところまで指を近づけた。

ついに突っこむ。

今度は、「エヘヘヘ」なんて言っていられない。「エヘヘヘ」なんて言って頭を掻いたら大変なことになる。

実を言うと、このカレーの一件は他の雑誌にすでに一度書いてしまった。今回はその続きを書きたかったのである。

カレーを手づかみで食べてやみつきになってしまったのだ。

カレーの手づかみ食べが快適だったというわけではない。手がベタベタして気持ちのわるい部分もないではなかったが、手づかみ食べに興味を持った。

ふだん、手づかみでは絶対に食べないものを手で食べてみたらどんなことになるのか。

どんな気がするのか。

いろんなものを手づかみで食べてみたい。

カツ丼を手づかみで食べてみたい。

親子丼も手で食べてみたい。

スパゲティも手で食べてみたい。スパゲティなんかは、かえって手で食べたほうが食べやすいのではないか。

あんまり熱いのはムリだが、ラーメンやうどんも手で食べてみたい。

厚いステーキなんかをわしづかみにして食いちぎったらどんな気がするのだろうか。

あー、なんだかいまからワクワクする。

これを一種の遊びと考えてもいい。

人間、大人になるとこういうことは滅多にできない。

幼児は手づかみでオモチャや食べ物を口に持っていくが、見ていて何だか楽しそうだ。あの心境を大人の身分で味わおうというのだ。

しかもこの遊びはいますぐ誰にでもできる。技術も何も要らない。

パチンコやゴルフなどの遊びは金がかかるが、この遊びは一銭もかからない。

さあ、食べ物を手づかみで食べよう。手づかみ食べを全国に普及させよう。

手づかみは一種の官能の世界

カレーを手で食べたとき気がついたのだが、食べ物は舌だけでなく、手でも味わえる。そして指もまた、食べ物を味わいたがっているのだ。

ずうっと前にぼくが見たインド人は、食事中、たえず指先でカレーをいじっていた。

カレーソースのぬめりを指先で味わい、肉の手ざわりを楽しみ、米のツブツブ感を味わっているように見えた。

実際にやってみるとその通りなのだ。一種の官能の世界に通じるものがある。

指先は本能的にいろんなものにさわりたがり、ふれたがっている。

そのことにわれわれはあまりにも気づいていない。

ただ、ときたま、大きなハナクソなどが取れたとき、丸めたり、圧したり、ころがしたりして彼らの本能を満たしてやっているにすぎない。

あるいは、ときたま、女性の体の上部に椀状にそびえる二個の球体に触れる機会があったとき、これを圧したり、ひねったり、つまんだり、つぶしたりして彼らの本能を発散させてやっているにすぎない。

むろん、食事のときだって、彼らは食べ物に触れたがってウズウズしているのだ。

いまかいまかとその機会が訪れるのを待っていることを誰も知らない。彼らのその機会は、常に箸やフォークや串などに奪われてしまう。

さあ、食べ物を手づかみで食べよう。

手で直接食べることによって、箸は不用となり、資源保護に役立ち、地球にやさしい心づかいということにもなるのだ。

さあ、食べ物を手づかみで食べよう。

エ？　それでも何だか、ねえ、カツ丼に手ぇ突っこんでムシャムシャ食べるなんてのは、ねえ、どうも何だかきまりが悪いし、何だかあさましいじゃないですか、だって？

そういう人には次の事実を伝えて励ましの言葉としよう。

西洋の人たちは、ついこないだまで手づかみで食べ物を食べていたのだ。

〝ついこないだ〟という考え方にはいろいろあると思うが、キリストの最後の晩餐の食卓にはナイフは出ているがフォークは出ていない。

物の本によると、フォークが使われだしたのは十二世紀からで、イギリスに至っては、少くとも十七世紀までは手で食べていたということがわかっている。

『中世の饗宴』（原書房）によると、イギリスではルネッサンス後期までフォークは使われず、当時、イタリアを訪れたイギリスの旅行者が、イタリアの貴族がフォークを巧みにあやつる習慣を見て、不必要なわずらわしいものである、という記録を残したという。

さあ、もう心おきなく食べ物を手で食べよう。

とりあえず、わたくしが率先して実行し、犠牲者となろう。

じゃなかった先駆者となろう。

手づかみでいくニッポンの朝食

エート、何からいこうか。

ニッポン人なら和食じゃないか、和食からいけ、という声がわたくしには聞こえる。和食からいくからにはニッポンの朝食でいけ、という声も聞こえる。

そのとおりだ。

ニッポンの朝食を手づかみで食べるのだ。

あー、何だかワクワクしてきた。

ニッポンの朝食はどんな献立てか。この日用意した朝食の献立ては次のようなものであった。ゴハン、味噌汁（豆腐とワカメ）、お新香（キュウリとナスの糠漬け）、アジの開き、ホウレン草おひたし、納豆、焼き海苔。

本当の先駆者ならば、この献立てを定食屋で食べてみるべきであろう。

この献立てならば、どんな定食屋にもあるはずだ。定食屋におもむいてこれらの品々を注文し、定食屋のオヤジ、オバサンが驚くなか、これらを次々に手づかみで食べるのだ。

だがこの先駆者には勇気が足りなかった。

先駆者としての自覚も足りなかった。とりあえず自宅でということになった。

では、いよいよいきます。

一回カレーで経験しているとはいえ、これらの品々を前にするとやはり緊張する。

それにやっぱり何だかきまりがわるい。

とりあえずゴハンからいくか。

ゴハンが熱い。味噌汁も熱い。

この食事法の最大の欠点は、熱いものは絶対に食べられないということだ。冷めるのを待ってゴハンからいく。

いざゴハンに手を触れようとして、

「やはり指先が少し濡れていたほうがよいのではないか」

という考えになった。

ゴハンが指先に粘りつくのがいやだったのだろう。

右手の四本の指先を、一本ずつなめて湿らせる。ここらあたりからすでに人には見せられない行為である。

指先でゴハンを一口分にまとめる。

なんだ。別にどうということないではないか。考えてみれば、家庭の主婦はおにぎりを握るとき、いきなりゴハンに指を触れているではないか。寿司屋のオヤジは、年中、ゴハンの中にジカに手を突っこんでいるではないか。

ピンポン玉ぐらいにゴハンをまとめて口の中へ。

ゴハンの手づかみ簡単にクリア。

急いでアジに行く。

アジを両手でつかんでハジのところをかじる。骨から肉を歯でむしり取る。肉を歯でこそげ取る感じもわるくない。これはむしろ箸より快適である。まだるっこく箸でほじるよりもハカがいくし楽しい。

うん、これからの朝食は、少くともアジだけは手で食べよう、と思う。

〝少くとも〟なんて先駆者として何だか消極的だな、とも思う。

アジの開きクリア。

ここでゴハンをもう一口食べて、キュウリのお新香を手で取ってポリポリ。

お新香もどうということはない。これもクリア。

ここで味噌汁を一口飲もうと思ったのだが、豆腐とワカメはどうするか。

豆腐もワカメも小さく切ってあるので、汁といっしょにズルズルと飲みこめば飲みこめないこともない。

だがそれでは先駆者としての名がすたる。原理、原則は守らねばならぬ。

味噌汁椀に手を突っこむ。

豆腐をつかんで口に入れる。

ワカメをつかんで口に入れる。

ワカメは意外に長いのがあって、指の根元の甲のほうの間からたれさがる。

それを手のひらをひねってなめあげて口に入れる。これもまた人にはあまり見せたくない姿だ。

汁のほうをズルズルと飲む。

と、ここでまたしても原理、原則主義がスルドク頭をよぎった。

汁もまた手ですくって飲むべきではないのか。

両手をピッタリ合わせ、手のひらをくぼませ、そこに味噌汁をすくい取って手のひらからジカに飲むべきではないのか。

土堤はアリの一穴からくずれていく。原理、原則も同様である。小さなことでも厳密に守っていかなければ、わたくしのこの運動も、まあ、いいじゃないの、ということで崩れていくにちがいない。

どうやって味噌汁椀の汁を、両手ですくい取るのか。

とりあえず洗面器状のものにあけなければならない。

食卓に洗面器というのは風情がない。

「いずれ、それ用の食器を開発しなければならないな」

と思いつつも、今回はとりあえずお椀に口をつけてズルズルとする。

こういう原理、原則主義を厳密に貫いていかなければならないとなると、例えば焼き鳥などはどうなるのだろうか。

甘からのベタベタのタレを塗ったみたらし団子はどうなるのか。

串を手で持つことによって食べられる、いわゆる串物のこともいまから考えておかなければならない。

原理主義を貫くとすれば、焼き鳥は手で串からはずして手で食べなければならない。

ベタベタのみたらし団子もまた、一つ一つ串から手ではずして食べなければならない。

つらいことではあるが、わが賛同者にはこの方法で食べてもらわなければならない。

さまざまな課題を残しつつも、一応味噌汁クリア。

恐るべしネトネトの世界

問題は納豆であった。

納豆……。

ウーム、納豆。

納豆に目をやった瞬間から、わが指先はおびえているようだ。

何かを感知して、怖じ気づいているのがよくわかる。できることならこの事態を回避したい、そう思っているのが手にとるようにわかる。

納豆は小さな発泡スチロールの容器に入ったままだ。

これをとりあえず納豆用の小鉢にドサッとあける。

ここまではどうということはない。

お醤油をかける。

左手に納豆の小鉢を持ち、右手を納豆本体に近づける。

一挙突入。

指揮官は命じたのだが前線はまだためらっている。

人指し指だけをネチリと納豆の中に没入させる。ネチリ、ネチリ。中指参加。ネチリネチリ。薬指も参加。ネチネチネチネチ。

ウー、何とも例えようのない感触だ。

できることならいますぐこの作業を中止したい。中止してすぐさま水道のところへ飛んで行って手を洗い、この話はなかったことにしたい。

よく考えてみれば、これまで刺身も手でつかんだことはある。豆腐も手でつかんだことがある。肉だってつかんだことがある。

だが納豆だけは手でつかんだことはない。納豆だけは手でつかまないように、用心しつつ生きてきたのがわが人生ではなかったのか。

だがいまは無念無想。

右手の四本の指でニチャニチャと納豆を掻き

まわしている。

本当にニチャニチャという音をたてている納豆が本当におぞましい。

だがこの作業は、これをもって終わりというわけではない。

この練りあげた納豆を、手でもって一口分にまとめあげ、それをゴハン茶碗の上に持っていき、それを落下せしめなければならないのだ。

とにもかくにも、練りあげた納豆を一口分の大きさにとりまとめる。

とりまとめるといっても、納豆の豆というものは、その一粒一粒が自分勝手な行動をとろうとすることは読者諸賢ご承知のとおりである。

ある者は残留を希望し、ある者はいまだ考えがまとまらず、またある者はいったんとりまとめられたにもかかわらず気が変わって残留組に復帰しようともがいている。

騒乱状態のままゴハンの上に持っていく。ゴハンの上に落下させる。

落下させるといったって、彼らは素直に落下するような連中ではない。

一応、連中をゴハンの上にのせた時点で、わたくしはかなりの疲労を覚えた。額の汗をハンカチで拭こうと思った。

ズボンのポケットに入っているハンカチを右手で取ろうとしてハッとしてやめた。

あぶないところであった。

とりあえず指と指の間のネトネトを洗い流したかった。

だが、洗い流すことに何の意味があろう。洗ってすぐ、指は再びネトネトの世界に戻らなければならないのだ。

とにもかくにも、この納豆のからまったゴハンを一口、口の中に入れなければならない。まとまらない連中を強引にまとめ、大きく口を開けて中へ押しこむ。

ここでも納豆の豆たちは本領を発揮し、ある者は口のはじからたれ下がり、ある者は唇に貼りつき、またある者は頰に貼りつきアゴに貼りつく。

口の周辺はベタベタになった。

いったん口の中に押しこんだ指先を引き抜くときがまた一騒動であった。

唇を力一杯すぼめ、力一杯引き抜かないと、すべての豆たちが指と共に外に出ていこうとするからである。

これで納豆も一応何とかクリアしたことになる。

穏かなる焼き海苔のはずが

このあとは騒動のない穏かなものが食べたかった。

幸い焼き海苔が残っている。これなら穏かに食べることができるだろう。

わたくしは焼き海苔に手を出した。

指先に接着剤がついているのを失念していた。まず海苔が指先に貼りついた。

そのまま口に持っていくと、口と頬とアゴに貼りついてビリビリと破れた。口のまわりはかつての大宮デン助氏のようになった。

だがこの食事を終えてもわたくしの闘志は少しも衰えていない。

次は麦トロめしに挑戦してみようと思っている。

生卵かけゴハンにも挑戦してみようと思っている。

麦トロめしに生卵をかけたものにも挑戦してみようと思っている。

秘伝「技あり」炒飯のコツ

「炒飯《チャーハン》がうまくできない」

というウメキ声は、巷に満ち満ちている。プロの作った炒飯は、ゴハンがパラッとしていて香ばしい。家庭で作る炒飯は、ベチャッとして、〝ねり飯の油まぶし〟になる。

邱永漢《きゆうえいかん》氏の本によると、究極の炒飯は、次の三条件を満たしているという。

（一）米粒の大きさがそろっている。（二）一粒一粒がバラバラでくっついていない。（三）どの一粒にも卵の黄味がよく滲《し》みていて、外から見ると黄色だが中は白い。

素人《しろうと》の炒飯は、（二）が最大の難関である。なぜパラパラにならないか。巷間よくいわれている理由は、（A）火力が違う、（B）ゴハンを空中に放り上げるあの技術がむずかしい、の二点である。したがって、

「家庭では、パラパラ炒飯は無理」

という結論になる。はたしてそうか。

五年ほど前、ぼくは炒飯の名人、新宿は「山珍居《さんちんきょ》」の主人黄善徹《こうぜんてつ》氏から炒飯の指導を受けた。そのとき黄氏は、

「家庭でもパラパラ炒飯は可能」

と、はっきり言明してくれたのである。

火力の問題は、「中華鍋を強く熱してから炒《いた》める」ことと、「一回に二人前以上作らない」という二つのことで解決できるという。

三人前以上をいっぺんに作れば、炒飯はまちがいなく〝ねり〟飯になる。ゴハンの水分を、いかに素早く蒸発させるか、これが炒飯の要諦《ようてい》である。

「空中放り上げの技術は不必要」

とも黄氏はいってくれた。中華用の鉄ベラで何回もすくい取ってひっくり返せば同じことだという。

五年前に黄氏の指導を受け、その日から十日ほど、ぼくは毎日炒飯に取り組んだ。あちこちの店も食べ歩いた。

そして五年後。この一週間ほど、ぼくは再び毎日炒飯に取り組んだ。すなわち炒飯歴五年という経歴の持ち主なのである。もっとも、五年のうちの四年間ほどは、全然炒飯に取り組まなかったから、実質一週間と十日の経歴の持ち主ということになる。

■脂身を切りとる
「油」用
肉用

■プロは塊を玉じゃくしでたたいてつぶす
鉄の玉じゃくしだと「付近一帯」ではなく塊だけがつぶれる

炒飯ぐらい、その作り方が千差万別の食べ物もめずらしい。

「ゴハンは、ぜぇーったい、温かくないとダメ」

という人もいれば、

「ゴハンは、ぜぇーったい、冷たくないとダメ」

という人もいる。

卵を入れる時機も、「必ず最初に」という人と、「必ず途中で」という人がいる。

炒飯歴五年、中抜き四年、実質十七日の経歴の持ち主は、これらを一つ一つ検討し、実験し、研究した結果、遂に次のような確固とした「炒飯の作り方」を編みだすことに成功したのである。

以下それを、おおそれながら、怯えながらご披露申しあげていきたいと思う。

材料（一人前）

ゴハン丼《どんぶり》一杯。豚三枚肉の塊、煙草《たばこ》の箱大。干し椎茸1。ザーサイのみじん切り大サジ山盛り1。卵1。ネギ十センチ。

黄氏の説によると、使用する油は、豚三枚肉の脂身（白いとこ）が一番よく、「サラダ油はゴハンに滲《し》みないで鍋底に残る」からダメで、「市販のチューブに入ったラードも、いろいろの混ぜものが入っているので」使いたくないという。

確かに豚の脂は、炒めると独特の香ばしい香りが出て、何の料理に使ってもおいしいものである。これがゴハンに滲みこむとさらにおいしい。

干し椎茸は、戻すのが面倒だが、ゴハンの中の歯ざわりという点できわめて『有効』なのでぜひ入れたい。

ザーサイもぜひ入れたい。独特の塩気、歯ごたえが『効果』をもたらす。

ネギは、入れない人も多いが豚肉の臭い消しに必要であり、またネギは、油で熱すると独特の芳香を発するので、ぜひ入れることを『教育的指導』しておきたい。

三枚肉から白い脂を切り取って五ミリ角に刻む。肉のほうも五ミリ角にして軽く塩をパラパラ。ザーサイ、椎茸、ネギはみじん。卵は軽く溶いて塩パラパラ。

以上のものを、作業開始前にコンロのまわりに並べておきたい。調味用の塩も、目の届くところにおいておきたい。

中華料理全体にいえることだが、火にかけてからは一気呵成でなければならぬ。「エート、塩はどこだ」とか「オット、卵を溶くのを忘れた」などの停滞は許されないのである。

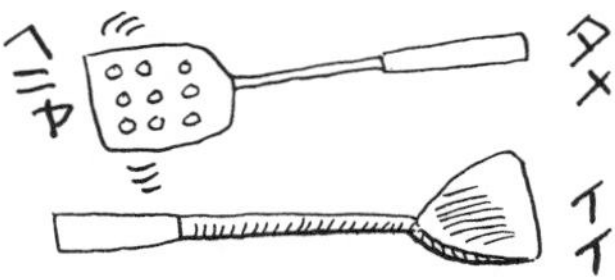

そして問題のゴハンである。

結論をいってしまえば「冷たいほう」を使う。いろいろ試してみた結果、温かいゴハンはどうしても蒸れた感じが残る。冷たいほうが香ばしい仕上がりになる。温かいゴハンを、わざわざ冷蔵庫で冷やしてから使う店もある。

冷たいゴハンは、塊がところどころあるから、これを箸で丁寧に突きくずしておく。（これ重要）

ではガスに点火。

中華鍋を火にかける。（フライパンは避けたい）火は徹頭徹尾全開の強火。

やがて鍋から煙がもうもうと上がってくる。少し不安になるが、ガマンして鍋を熱することおよそ五十秒。

ここで刻んだ脂身を投入。ジャーッと音がして脂が溶け始める。これっぽっちの量で足りるのかと思うが、やがて思いがけない量の脂が滲《にじ》み出てくる。これを鍋肌の立ちあがりのほうまで鉄ベラで行きわたらせるようにする。（こうしないとあとでゴハンが焦げつく

火力は、鍋を上げ下げして調節する。

脂身がキツネ色になったら（ものの三十秒）ネギを投入。これもキツネ色になるまで。（ものの三十秒）

ここで豚肉のほうを入れる。火が通ったら（これも三十秒）、椎茸、ザーサイを投入、ひとかきかきまわして、いよいよゴハンの投入である。

ゴハンを入れたら、左手で鍋を絶えずゆすりながら、鉄ベラで大きくあおるようにすくい、広く薄く平らにのばして軽く押しつける。（手早く何回も）

二分たったら溶き卵を、ゴハンの上から広範囲にふり入れる。

こうすると卵が塊にならず、糸状に散り、よくゴハンにからまる。

このとき卵が鍋底に白くはりつくが、あわてないで鉄ベラで丁寧にはがすときれいにとれる。

ここで塩（小サジ半分）、コショウして、もう一分炒めたら火をとめる。

ゴハンを入れてから三分。鍋を火にかけてからは総計六分ということになる。

「卵は途中で」が、ぼくのやり方である。

火をとめたらすぐに皿にあけよう。

そのままにしておくと余熱で火が通りすぎる。

黄色がきれいに散った、香ばしい『技あり』の炒飯ができるはずだ。

なお、味の素は炒飯にきわめて『有効』である。うまい、と評判の店の炒飯の秘密は、味の素だったという話もある。

フライ物の正しい生きかた

フライ物は何となく軽んじられているが、フライ物を好む人は多い。

多いからこそ、今も昔も、連綿として肉屋の店頭にはフライ物が並んでいる。

一般的にフライ物というのは、コロッケ、メンチカツ、ハムカツ、串カツ、アジフライ、カキフライ、イカフライあたりをいい、トンカツとなると、別格という感じになる。

フライ物には違いないが、もはやそういっては失礼、というような風格さえある。

フライ物から身を起こして、今や錚々《そうそう》たる一派として成り上がり、

「コロッケなんかと一緒にしてもらっちゃ困るよ」

という態度がありありと窺える。

肉屋なんかでは、いずれも同じ鍋で揚げられており、〝出身〟は同じなのだが、店

頭に並べられるときは明らかに扱いが違う。

大きなバットなどに、一緒に並べられるときは、ちゃんと偉い順に並べられる。偉い順に右から、居流れる、という感じで並んでいる。

フライ一族で一番偉いのは、これはもうトンカツで、異論の出る余地はない。

昔はエビフライなんてのも結構偉かったが、今は昔日の面影はない。

問題は二番目である。

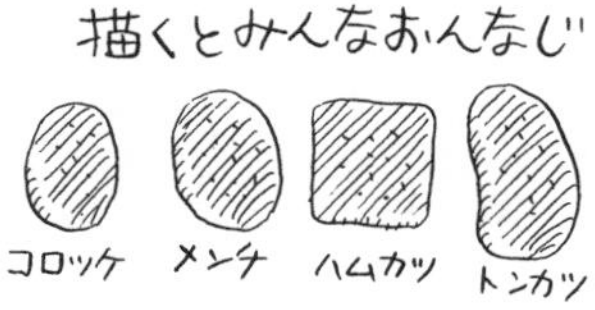
描くとみんなおんなじ
コロッケ
メンチ
ハムカツ
トンカツ

一般的にはメンチカツであるが、店によってはハムカツが二番目に並んでいるところもある。

メンチカツとハムカツとどっちが偉いか、という問題は非常にむずかしい。

ハムカツというのは、名称はハムカツだが、実際はソーセージ、という店が多い。これは非難していってるのではなく、ハムよりソーセージのほうがはるかにおいしいのである。ソーセージは、油を吸わせて熱を加えると一段とおいしくなる。これにコロモがついてトンカツソースが加わると一層おいしくなる。

ハムカツは、何となく、まがい物という見方をされている。

本来なら、豚肉であるべきところに、予算の関係でハムなんかで間に合わせて、ヤーイ、ヤーイ、といったような認識のされ方をしているが、ハムカツもおいしい店のは本当においしい。

メンチに少なくともヒケをとらないおいしいハムカツもある。

挽き肉と違ったハム(ソーセージ)独特の香りがあり、全体が堅く引き締まって、これはこれでなかなかおいしいものである。

二位に推すに値する力は十分ある。

しかし、カツの正統を肉とするならば、純血という意味では明らかにハムカツはメンチに負ける。

メンチは、挽き肉ではあるが、ハムに比べれば肉としての純血度は高い。

フライ物の一位はすんなり決まったが、二位はこのようにむずかしい。

そしてここに、さらに串カツが加わると、事態は一層混乱の度を増してくる。

串カツがどのぐらい偉いか、という評価の仕方は非常にむずかしい。

〝肉の純血〟ということからいえば、ハムカツより確かに上だが、〝玉ネギの力を借りている〟というところに串カツの弱みがある。そこのところを突かれると串カツは一言もない。

〝串で維持されている〟というところも、できることなら触れてほしくない点である。異端視されてもやむをえない形態といえる。

コロモのトゲトゲが上アゴに痛いぐらいのメンチカツがおいしい！

肉屋さんも、そのへんのところをキチンと考えているらしく、店によって二位、三位は、メンチとハムで入れかわるが、串カツは四位ということになるようだ。

そして、五位にコロッケがくる。

アジ、イカ、カキなどのフライ物は、特に順位の差はなく、同列六位という扱いを受けている。串カツは、ゴハンのおかずという意味では後塵を拝するのもやむをえないが、相手がビールということになると、俄然話は変わってくる。

突然、トンカツさえ抜いて、一位に浮上してくるのである。

ビールにトンカツ、ビールにメンチカツ、ビールにハムカツ、コロッケ、いずれもイマイチの感があるが、ビールに串カツとなると、間然するところがない。

汗をかいた大ジョッキの傍らに、刻みキャベツ、カラシを従えた串カツの皿、というのは絵にさえなる。

カリカリ、アツアツに揚がった串カツに、カラシたっぷり、トンカツソースたっぷり、アグ、と、ひとかじりすれば前歯に熱さジンとしみわたり、コロモはがれてまず玉ネギ。玉ネギとコロモとソースとカラシで口の中は油まみれ、そこんとところにつめたく冷えたビールをドドーと流しこめば、歯にも舌にも歯ぐきにも、チリチリとビールの泡がゆきわたり、油を洗い流し、口の中を大騒ぎさせたのち、ノドの奥のほうに落下していく。

これがコロッケだとこうはいかない。

なんとなく物さみしい。

口の中が大騒ぎにならない。

同じ油まみれでも、まみれ方が違う。

ネッチャリとまみれて、ビールを注ぎこんでも洗い流せないような気がする。

ところが世の中よくしたもので、コロッケはビールが相手ではダメだが、ゴハンということになると生彩を放ってくる。

そして串カツは、ゴハンの前では悄然としてしまう。

もともとフライ一族は、犬や猫が人間を頼って生きてきたように、ゴハンを頼って生計をたててきたのである。

だからゴハンに合う、ということのほうがフライの正しい生き方なのである。

しかし、ここへきて、縁故を頼ってパン関係に進出する傾向も見うけられる。

メンチ、ハムカツなどは、パンにもなじんできているようだ。

そうした中で、ゴハンひと筋、ゴハンに操をたてているのがコロッケである。

むろん、パン関係に身を売ったコロッケ仲間もいることはいる。

しかしコロッケだけは、パンにはあまりなじまない。

やはりゴハンあってのコロッケなのである。

コロッケは、他の一族に比べて一番地味な存在である。風貌、性格、容姿、いずれにも派手さはなく、万事ひかえめ、ひっそりしている。

その地味さかげん、陰影のある面ざし、生活感のあるたたずまい、いずれをとってもゴハンの正妻という感じがする。それもただの正妻ではなく、〝糟糠《そうこう》の妻〟なのである。

ゴハンと長く連れ添い、互いの裏も表も知りつくした仲といえる。

ゴハンとコロッケ、これほど貧しく、これほど哀切で、これほど清々しい取り合わせが他にあるだろうか。

だからゴハンは、貧相な妻ではあるがこれを見捨てるようなことがあってはならぬ。

トンカツを愛人にしたり、たとえコロッケに先立たれても、メンチやハムカツを後妻に迎えるようなことをしてはならぬ。

丼物について

総論

今回は丼物について、つくづくと考えてみたいと思う。

丼物の真のあり方、その対応の仕方、鑑賞の仕方などなどについて、しみじみと考えてみたいと思う。

「丼物なんて、あんな安直な食物はね、ただムシャムシャって食べてしまえばいいんです、ムシャムシャって」

という人もいるかもしれない。

そういう人は、ただムシャムシャって食べなさい。何も思わず、何の感動もなく、ただムシャムシャって食べて、そのあと楊子でシーハシーハしながら店を出ていきなさい。店を出て行ってつまずいて転びなさい。

丼物すなわち、どんぶりもの、こう書くとなにかこう重厚、素朴、篤実、温もりといったものが感じられ、日本人の食物の心のふるさとといったものも感じられる。

また一方、その姿態、相貌には、頑迷、鈍重、変屈、獰猛《どうもう》の気配もあり、いずれにしろ「ただ者ではない」食物であることはまちがいない。

丼物は、食物大系としては、そば屋目、店屋物科、ゴハン物属に属し、本来家庭で作って食べるものではない。

そのところが潔くてよい。

家庭を離れた孤影がある。

画然《かくぜん》と一線を引いているところがよい。

また一品勝負というところも堂々としていて気持ちがよい。

カツ丼ならカツだけ、天丼ならエビ天だけ、これだけで丼一杯のゴハンを終了させてしまうのである。またそれだけの実力を充分に兼ねそなえているといえる。

たとえば「朝の定食、煮魚、納豆、おしんこ、味噌汁付き」などというのと比べてみるとその実力の違いがよくわかる。

これらは、いってみれば総力戦である。

天丼ならばエビ天だけの一本勝負（実際には二、三本あるけど）、納豆の助けも借りず、おしんこ、味噌汁にも頼らず、主役一人で堂々一幕を演じ切ってしまうのである。

幕の内弁当などの、あれをつつき、これを少々、あの辺も少しいってみるかな的ないじましさが少しもない。

錦手《にしきで》の丼のにぎやかさ、立ちあがりの雄々しさもわるくない。

幕の内弁当の平べったいいやらしさに比べ、その立体感あふれるデザインは、堂々とあたりを睥睨《へいげい》する。

手のひらになじむ頃合いの大きさ、厚み、重み、温もり、これらもこたえられない。

思わず丼を抱き締めたくなるような

いとおしささえ感ずる。（でも本当に抱きしめたらいけんよ。懐がシルでビタビタになるから）

ゴハン茶碗と比べてみると、その違いがよくわかる。

ゴハン茶碗は、持って軽く、薄く、お代わりを前提とした造りになっている。

だが丼物は、「お代わり許すまじ」的威圧感と脅迫性と余力に満ち満ちている。（ま、カツ丼のお代わりをする人はいないけどね）

一杯こっきり、トンカツこっきり、容器一個こっきりという、こっきりの思想で全体が貫かれている。ここのところも男らしくてよい。

各　論

カツ丼

数ある丼物の中で、そのチャンピオンはやはりカツ丼であろう。

重量感、満腹度、魅惑性、興奮度、そのどれをとっても王者にふさわしいものがある。

注文したカツ丼が到着し、いよいよそのフタを取ることになる。

人はこのときすでにかなりの興奮を覚えるものである。

フタを取ればそこにはカツがあると予想しつつも、現実にカツそのものが眼前に現われたとき、興奮は更に深まる。

「カツだ、カツだ、カツが現われた」

と小踊りしたくなる。（本当に小踊りしたらいけんよ。店中の注目を浴びる）

こげ茶色のコロモをまとったカツが、その周辺に黄色いタマゴと玉ネギを配備して堂々の威容をみせている。その中央には緑色のグリンピースが三つ四つ二つ。

この配色の妙にしばしば感嘆し、眼福などという言葉も思い浮かべ、「ではでは」と口元をほころばせてハシを割る。

まずどういくか。

いきなりカツ本体を攻める人はあまりいない。いきなり本体にとりかかる人は、かなり勇気と度胸のある人だ。

たいていの人は、まず一番手前のカツの一片を排除して向こう側に安置し、ゴハン面の露出をはかる。

そうしておいてタレのよく染みこんだゴハンを一口食べ、カツ周辺にへばりついているタマゴ及び玉ネギの部分をはがしてこれで一口目をつつましく食べる。

なかなか本体にとりかからないのである。「本体を崩してはならぬ」という本体至上主義が頭の中にあるからである。

一口目をカツ抜きでゆっくり食べ終わると、全容をもう一度見渡し、「もはやこれまで」あるいは「やむにやまれぬ」という気持ちになって、ここでやっと、さっき排除しておいたカツの一片を取り上げて口に運び、一口分のゴハンのおかずに充当する分だけかじりとってその残りをもう一度向こう側に安置する。

ま、このへんが通常一般のカツ丼のイントロ部分であろう。だが、

「いえ、わたくしは、ことそこに至ってもまだ本体には手をつけません」

という剛の者もいる。

どうするのかというと、一口目は今書いたような食べ方で終了せしめ、二口目は、一片のカツのコロモを丁寧にはがし、そのコロモだけで淋しく食べるのだという。

そうして三口目で初めてカツ本体に取りかかるのである。

そうすると、コロモをはがされ裸になってしまったカツの一片はどうなるのかとい

う問題が当然起こってくる。そこのところをただすと、

「だいじょうぶです。裸のカツは一番最後に食べるのです。食事が進行していく過程で、カツから少しずつコロモがはがれ落ち、これが少しずつ溜まっていきますね。その溜まったコロモを掻《か》き集めて裸のカツに着せて、最後のゴハンを食べるわけです」

いったんコロモをはがしてカツを裸にし、最後にもう一度コロモを着せてやるというあたり、カツに対する深い思いやりと愛情が感じられるではないか。

カツ丼のカツは、だいたい五つ、ないし六つに切断されている。

並べられたとおり、はじの一片から食べていくのが、ま、ふつうの食べ方であるが、

「いえ、それはなりません」という人もいる。

この人の場合、両はじの二片、これを最初のうちに片づけてしまうのである。

この人には、両はじ蔑視《べっし》中央重視の思想があるらしく、

「両はじはホラ、形も小さいしどうしてもおいしくないでしょ。だから初めのうちに片づけておくわけです。苦労は早めに、ともいいますしね」

と解説してくれるのである。だが、

「両はじ蔑視の思想はおかしい」

という人もいる。

問題は、脂身の分布状況にあるというのである。

カツの脂身は、両はじではなく、むしろ片側の周辺に沿って帯状に存在する場合が多い。であるから、フタを取った時点でまずカツの各切断面をとくと眺め、脂身の分布状況を把握し確認する。

カツというものは脂身が全然なくてもおいしくないものである。一口分のカツが脂身半分、脂なしの肉半分というぐらいの比率が一番おいしい。

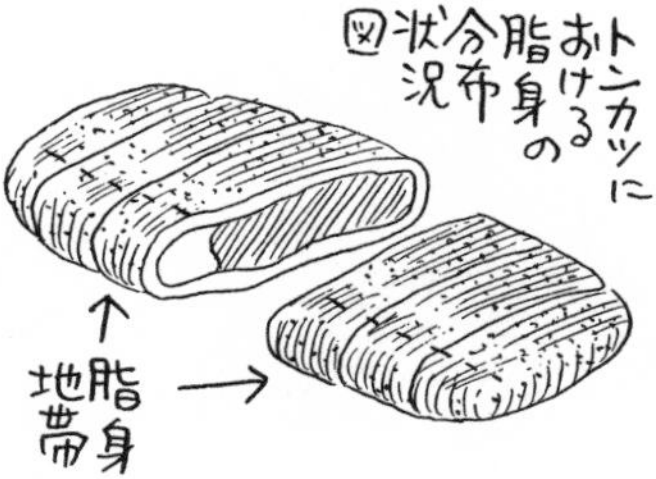

「したがってわたくしは、各切身のですね、片側部分、すなわち脂身地帯でないほうの片側を各個撃破という形でかじりとっていくわけです。そうすると、脂身半分肉半分という部分が累々と溜まっていきますね。それをあとでゆっくりと一つずつ味わっていく、こういくことになるわけです」

とこの人はいう。

美観という意味からは、やや難点もあるが、これはこれで優れた方法であると思う。カツ丼というものは、一見、カツとゴハンだけの食事のようにみえるが、実はそうではない。様々な組み合わせが可能なのである。

①タマゴと玉ネギとゴハン、②崩落もしくは故意にはがしたコロモとゴハン、③タマゴと玉ネギとコロモの組み合わせとゴハン、④カツ本体とゴハン、というふうに四通りもの組み合わせによって食事を進行させていくことができる。

このようにカツ丼は、単純なようでいてその食べ方は、複雑かつ奥深いものがある食物なのである。

天丼

カツ丼に比べ、天丼は実に単純な食物である。ふつうの天丼はゴハンの上に乗っかっているのはエビ天のみ。タマゴも玉ネギもない。（上等の天丼はキスとかアナゴとかものっかっているが）

エビ天をかじってはゴハンを食べ、またエビ天をかじってゴハンを食べるということを繰り返すより他はない。悲しいまでに単純な食物なのである。

援軍来たらず、孤立無援。

唯一の救いは、エビが身にまとった多量のコロモである。

エビ天のコロモ大量付着を怒る人は多いが、ぼくはその反対である。

「エビがドテラのようなコロモを着ていた。けしからん」

という人が多いのだがぼくはドテラ大歓迎である。このドテラはおいしいドテラなのである。

コロモが大きければ大きいほど、「儲《もう》かった」という気持ちになる。

タレのよく染みこんだコロモで食べるゴハンは大変おいしい。

コロモを削りとっても削りとってもなかなかエビ本体が姿を現わさない場合がある。

ゴハンを二口も食べたのにエビ本体は無傷、ということがある。

うんと安い天丼の場合は、「エビすっぽ抜け」という事態が出来《しゅったい》することもある。

一口分かじり取るつもりが、エビだけすっぽ抜けて口中に分離してしまうのである。

残余のコロモに深い空洞ができている。こういう場合は、迷うことなく口中のエビを吐き出し、改めてその空洞にエビを挿入し直すのが正道である。

天丼のゴハンは、その全域がだいたいにおいてタレにまみれているものである。

だがところどころ、タレにまみれてない白い部分もある。

ここの部分は、少し残念な気持ちになってエビ天関係を多量に摂取したりする。

「いえ、それはとんでもない話です」という人もいる。

タレにまみれたゴハンばかり食べていると、

「ああ、白い味のついてないゴハンも食べたい」

という気持ちになるものなのだ、とこの人はいう。だから、丼物の中の白いゴハンは、実は貴重な存在なのである。

この貴重な白いゴハンは、エビ天関係で食べてはならない。このときこそおしんこでいくべきなのである。白いゴハンとおしんこ、この組み合わせはこのときしかできない。エビ天関係から離れられる唯一の憩いのひととき、それがおしんこで白いゴハンのひとときなのである、とこの人はいう。

田園調布の初老婦人が日本橋で天丼をいただくの図

傾聴に値する意見だと、ぼくはつくづく思い、以後この方法をずっととり続けている。
興奮度ということになると、天丼はカツ丼よりはるかに劣る。
だいたい天丼は、丼物の中では上品な部類で、田園調布あたりからやってきた初老の婦人が、日本橋あたりの店で、「ちょっとお昼に」という感じで食べるものなのである。

しかも、「あたしとしたことが、こんな丼物など食べて、はしたない」と思いつつ食べるものなのである。

一方カツ丼は、この逆の観を呈する。

食べるほうは、「オレ、カツ丼だかんね、カツ丼を食べてるんだかんね。カレーライスにもザルソバにも負けないいんだかんね。オレこの店のチャンピオンだかんね。月給高いんだかんね」という誇りと優越の意識を持つのがふつうである。

ところが周辺の評価はそうではない。

「あんなカツ丼なんて食べて。あの人下品な人なのね。いやしい人なのね。月給安いのね」

とOLあたりからさげすまれる結果となる。

自分の考課と他人の考課に大きな違いがあるところもカツ丼の特徴である。

カツ丼は店で食べるより出前でとって食べるほうがいいかもしれない。

親子丼

上品さ、という点では、丼物の中で親子丼が一番であろう。

刑事もののドラマにはよくカツ丼が出てくる。取調べの途中で「ハラ減ったろう。カツ丼でも取ってやろうか」と刑事がいい犯人がうなずき、やがて犯人は暗い取調べ室でカツ丼をガツガツ食べ始める。ガツガツ食べているうちに、だんだん獰猛な気持ちになっていく。

カツ丼には犯人がよく似合う。

一方天丼は職人がよく似合う。

植木の職人なんかが、出入りのお屋敷の廊下かなんかで、出前の天丼を食べているなんていう図は悪くない。

親子丼も、やはり田園調布の初老の婦人が似合う。さっきは日本橋で天丼を食べてもらったわけであるが親子丼だともっと似合う。

また、天丼とカツ丼は、上にのせるものだけで一品たりうるが親子丼の場合はそうはならない。カツ丼のカツは、独立してトンカツになり得る。すなわち自立してゴハンなしでも充分やっていける。

天丼もしかりである。エビ天は、天ぷらとして一品たりうる。

親子丼の場合は、上にのせるものだけでやっていくことはできない。「親子丼の上の部分です」といって世間に出ていくことができない。上にのせるものと、ゴハンは運命共同体となっているのである。

親と子とゴハンが、堅いきずなで結ばれているうるわしい食物、と人の目には映るかもしれない。だが、一見、品位とうるわしさにあふれているかにみえるこの食物に、実は多大の悲劇性が隠されていることを人々は見逃している。

親子丼には主役がいない。

鳥肉という主役がいないわけではないが、この主役は、こま切れにされて各方面に散ってしまっている。しかもタマゴに埋もれて見え隠れさえしているのである。

カツ丼や天丼のように堂々とその主役としての全容を隈《くま》なくあからさまにできないのである。

親子の関係にありながら、親は子の中に身を隠したりしているのである。なにかそうしなければならない事情があるのかもしれない。サラ金に追われているのかもしれない。

親子丼をつくづくと見てみたまえ。

親と子が、バラバラに解体されて、親は子にまみれ、子は親にまみれ散乱しているのである。その惨状は目をおおわしめるものがあるではないか。その上には、手向けの花束のごとく、三つ葉が二すじ三すじ。

思わず合掌して線香の一本も立ててやりたくなる。親子丼に救いはない。

結　論

このようにぼくは、カツ丼、天丼、親子丼について論じてきたわけであるが、この辺でそれぞれの総合評価をしてみたいと思う。

学校の通信簿の横に、「指導性」とか「信頼感」とか「正直な態度」とかの人物評価みたいなのがあるが、あれ式に五段階評価をしてみたいと思う。

■カツ丼「重量感-5」「説得力-5」「興奮度-5」「明朗性-3」「品位-2」「悲劇性-3」

■天　丼「重量感-4」「説得力-4」「興奮度-4」「明朗性-3」「品位-3」「悲劇性-2」

■親子丼「重量感-3」「説得力-3」「興奮度-2」「明朗性-1」「品位-5」「悲劇性-5」

ニッポン自炊旅行

旅行雑誌をめくっていて、〝自炊〟という文字を発見したことからこの旅は始まった。

いまどき自炊……。

なんとも侘《わび》しい言葉の響きではありませんか。

自炊という言葉の中の、特に〝炊〟が切ない。

炊事、炊飯、雑炊、自炊、めし炊き女……。これらの言葉から、富とか贅沢《ぜいたく》とか栄耀栄華といったイメージはわいてこない。

炊事をクッキングと言い換えれば全く別のイメージになるのだが、炊事と言ったとたん急に哀れな感じになる。

下宿生活の学生の炊事。

単身赴任のおとうさんの炊事。

学生さんもおとうさんも、お金に余裕があれば自炊なんかしない。

自炊のうしろには貧乏の影があるのだ。

男が自炊をしている後姿は、どうしたって見すぼらしく、しょぼくれていて、所帯やつれを感じる。

そういうイメージがある〝自炊〟を、夢と希望を売る旅行雑誌が、「自炊旅のススメ」として紹介しているのだ。

『ノジュール』という雑誌の四月号（二〇〇九年）全体が「激安の温泉宿」という特集で、激安の宿、すなわち、自炊の出来る宿、ということなのである。
百年に一度の不況は、夢と希望を売る旅行雑誌にこういう特集を組ませるのだ。
実を言うと、ぼくは学生時代に下宿をしていたことがある。
そこはいわゆる素人下宿で、普通の家の余った部屋のいくつかを学生に貸していた。

食事は外食ないしは自炊だった。

台所は一畳ほどの別室で、ガスコンロが一台と流しがあるだけだった。

ぼくの部屋は六畳の和室に床の間つきという不思議な構成で、その横が押し入れだった。

押し入れの中には、布団、枕、醤油ビン、包丁、まな板、皮靴、お米、傘などが隣り合って押し込まれていた。

台所で作る料理は「㋩の魚肉ソーセージ、マヨネーズ和え」か「豚コマモヤシ炒め」のどちらかだった。

いま思い出しても、あれはあれでけっこう楽しかった。

少しお金に余裕があるときは、「豚コマモヤシ炒め」が「豚コマレバーモヤシ炒め」になったりした。

しかし旅行というものは、本来、日常を離れてたまには派手にいってみっか、パッとお金を使ってみっか、という気持ちで出かけていくものである。

たまにはしょぼくれに行ってみっか、という人はいないのではないか。

たまには所帯やつれしに行ってみっか、という人もいないだろう。

だが、その「自炊旅のススメ」には、実際に自炊の出来る旅館が全国から三十六軒も紹介されているのだ。

自炊客がまだ全国的に多数存在しているということではないか。

三十六軒全部が自炊客専門の旅館というわけではない。

二食付きの客も泊めるが、自炊の客も泊めるという体裁になっているのが多い。

料金は「二食付き」「半自炊」「自炊」と分かれていて、半自炊というのは「ゴハン、味噌汁、お新香」の三点セットだけを提供するというものである。

全自炊で泊まる客の料金はどのぐらいなのか。

全自炊で３５００円前後というのが多い。

半自炊だと４５００円前後。

ちなみに二食付きは７０００円台。

われわれ（担当のＩ青年とぼく）は、いろいろ検討した結果、半自炊でいくことにした。

目ざすは万座温泉の中の「豊国館《ほうこくかん》」。

この「豊国館」は、二食付きと半自炊と自炊がそろっている。

「旅行をするのにお米を持っていくというのはどうもねえ」

「なんだか哀れですよねえ」

ということで半自炊ということになった。
「ゴハンだけは恵んでもらうことにしようよ」
「味噌汁も恵んでもらいましょうよ」
と、行く前からすでに哀れな心境になっているのであった。
東京駅から上越新幹線一時五十二分発に乗ると、「豊国館」には五時過ぎに着く。
着いたらただちに自炊生活の開始だ。
「食材の調達は現地で」と、その特集にある。
そのほうが、その地方特有の珍しい食材が得られるというのだ。
夕方、旅館に向かうタクシーに、途中のスーパーに寄ってもらう。
都会のスーパーはまぶしいほどの照明だが、田舎の小さなスーパーはどこも薄暗い。
これから始まる自炊の食材は、こういう薄暗いスーパーが似合う。
薄暗いスーパーで、ゴソゴソ買うのが似合う。
スーパーに入っていきなり目についたモヤシを買う。38円である。
やはり自炊＝モヤシという図式が頭にあったのかもしれない。
エノキ茸を買う。80円。ワカメを買う。１６０円。豆腐を買う。かなり大き目だが
これしかない。１４０円。

今夜の献立はいまのところ何にも頭にない。目についたものを買ってるだけだ。大根、納豆、タクアン、トマト、ネギ、次々に買う。ネギは一袋に五本も入っていて到底使い切れないが仕方ない。

しかし、いくら自炊でも、こんなもんばっかりでいいのだろうか。

かってここで銃撃戦が行われた……ことはなし
豊国館
玄関前に置かれたわれわれの自炊用の食材

奥へ進むと魚と肉のコーナーがあった。

マグロのブツとタコブツを買う。

塩じゃけがある。

そうだ、あしたの朝は塩じゃけ、と、ここで初めて夕食ばかりでなく翌朝のことに思いが及ぶ。

しらす干しがある。そうだ、さっきの大根でしらすおろしだ。

だが宿におろし金はあるだろうか。

調味料はないと聞いていたので、小ビンの醤油を買う。そうそう、納豆にも要るし、マグロブツにもタコブツにもしらすおろしにも醤油は要る。買ったものにだんだん繋がりができてくる。
こんな山の中のスーパーなのに、丸ごとのホヤ発見。小鉢にホヤをさばいて盛って、
そうだ、ホヤの酢のものといえばキュウリだ、と、野菜のところにとって返す。
うなぎの肝《きも》の串焼き四本入りを買う。
「国産牛モモ肉」の薄切りパックがある。
そうだ、これですき焼きをしよう。
今夜の自炊のメインはすき焼きだ。豆腐があるし、ネギもいっぱいあるし……。
すき焼きのタレを買う。
すでにスーパーのカゴは山盛りだ。
こんなものかな、とレジに向かう途中に魚肉ソーセージを発見。
青春の魚肉ソーセージ物語をひとくさりI青年に聞かせつつ購入。
うん、魚肉ソーセージが入ったことで今夜の自炊が引きしまったな、これでよし、
と思った瞬間、味つけモツのパック発見。これまたずいぶん大袋だな、と思いつつも、
オレ、これ好きなんだよね、と購入。
最後に缶ビールとウィスキーを買う。
ウィスキーはトリスにする。

自炊というからには自炊の節度というものがあるはずだ。自炊に贅沢は似合わない。だからこそウィスキーはトリス、マグロはブツ、タコもブツ、牛肉はモモ、そしてモツ、と、全体のスジを通しているのだ。

二人で山のようにスーパーの買い物を両手で抱えてタクシーに戻り、五時半、「豊国館」に到着。

万座温泉は白根山の麓《ふもと》に広がる温泉地で、このあたりの標高は一八〇〇メートル。

外気温は下のほうの町より五～六度低いという。タクシーから降りるとゾクッとする。

あたりには強い硫黄《いおう》の匂《にお》いがたちこめ、周辺の山肌は硫黄で黄褐色になっていてなんとなく不気味だ。

「豊国館」は木造三階建てで、創業は昭和初期というから八十年の風雪にさらされて相当古びている。

外から見上げると、どことなく「あさま山荘」を思わせる。

自炊するところはこうでなくちゃ。

近代的な瀟洒《しょうしゃ》なホテルには、モツとかモヤシとかタコブツは似合わない。

部屋に向かう廊下はかなり傷んでいるらしく、歩くとギシギシ音がする。

ぼくは昔からなぜか〝廊下ギシギシ〟が大好きで、歩くたびの板の浮き沈みも大好き。

一泊4700円の部屋はテレビ付き。

座卓もちゃんとあって座布団も二枚あるのだが浴衣がない。どこを探してもない。

タオルがない。歯ぶらしがない。

ポットにお湯がない。

「自炊のお客様は、ポットのお湯は自分で自炊場にて沸かすようにお願いします」と書いた紙がテーブルの上に置いてある。

なぜかハンガーが豊富で、あちこちに合計八個もぶら下がっている。

「これは相当虐《しいた》げられているのかもしれないな、自炊客は」

「余ったハンガーの置き場ぐらいに思ってるのかもしれませんね、この部屋を」

さっき廊下ですれちがった宿泊客はちゃんと浴衣を着ていた。

タオルもぶら下げていた。

「こういう二食付きの客と自炊客が混在している旅館はいろいろと問題がありそうだね」

「二食付きの客は、どうしたって、なんだ、自炊客か、という目で見るでしょうね」

自炊客としての立場が身にしみる。

ふつう温泉宿に到着したら、とにもかくにもまずお風呂、ということになるのだが、自炊客はそうはいかない。

自炊をする台所がまず気にかかる。

どんな設備があってどんなふうに料理するのか。

われわれの部屋のすぐそばが台所となっていて、「自炊場」という粗末な木札がガラスの引き戸の上に貼りつけてある。

「出来上がったモツ煮込みなんかを持って、長い廊下を歩かれたりすると、他の客の迷惑になると思って……」

「それで台所のすぐそばの部屋にしたんでしょうね」

少しずつひがみっぽくなっていく。

ガラス戸をガタピシ開けると、おっ、広い、やたらに広い、十五畳はあるだろうか。

ガスコンロが六台。水道の蛇口が三つ。

棚には三十以上の大小様々な鍋があって、皿、小鉢、丼などの食器も豊富。大型冷蔵庫があって、包丁、まな板、おっ、おろし金もちゃんとある。

「山菜や竹の子の皮等は館外に捨ててください」「使用済みの食用油はこちらに入れてください」「ガスを使っているときはそばを離れないでください」などの貼り紙があちこちにある。

「そうか、この辺は山菜がとれるんだ」

「それを天ぷらにしたりする人がいるんだ」

それにしても、夕方六時近いというのに、誰一人ここで料理してる人がいない。

「エート、まず大根をおろしましょうか」

とI青年がしらすおろしの製作を開始し、ぼくはタコブツとマグロブツを皿に並べる。

ホヤを包丁で切って剝《む》いて中身を取り出し、

「エート、ホヤを盛る小鉢は……」

と食器棚を見回してホヤに似合う小鉢を探すのも楽しい。

ガスコンロにチャッカマンで火をつけ、フライパンを取り出して炒める。

「そのモツ煮込みにモヤシも入れたらどうでしょうか」

「おう、それはいいね」

とモヤシを加える。

続いてすき焼き開始。

肉を入れ、ネギを入れ、エノキ茸、豆腐を入れていくと、

「あ、その豆腐、あしたの朝の味噌汁に少し残しておいたほうが」

ネギがいっぱいあるのでどんどん入れていると、

「あ、ネギ、あしたの納豆にとっておかないと」

自炊室
旅館で働いてる人ではなく、れっきとした宿泊客である

しらすおろしにしらすを全部使おうとすると、

「あ、あしたの朝、豆腐の残りで冷や奴をして、その上にしらすをちょっとのせるというのは」

I青年は意外にも、将来を見通す目、大局を見極める目を備えた大物ともいえる人物らしい。

ただ、ネギとか豆腐とかしらすとか、対象となるものが小物ばかりというところに、やや問題がないわけではない。

自分で押し入れから布団を出してしき自分で枕に枕カバーをかぶせて寝る
楽しいよー

われわれが自炊をしていると、タバコを吸おうとしてチャッカマンを借りにきた浴衣のおじさんが、

「ヘエー、自炊してるんだ」

と言ってしばらく見物してから出て行った。台所でゴソゴソやっているのをじーっと見られて、ぼくらは深く傷ついた。

彼は事実をありのままに口にしただけなのに、ぼくらには「ヘエー、いまどき自炊なんかする人がいるんだ」というふうに聞こえたのだ。

出来上がった料理をコソコソと部屋に運ぶ。

テーブルの上にはのせきれないほどの品数で、一つ一つの料理にはいろいろ問題はあるが、品数だけは豪華絢爛《けんらん》、大富豪といえどもこれほどの料理を一回の食事に並べることはないであろうという、超デラックスの大宴会となった。

ではビールで乾杯、ということになってコップがないことに気がついた。

自炊場に行って探したが、いくら探してもガラスのコップが見当たらない。

仕方なく湯呑みにビールを注いで飲む。

モツ煮込みの汁をこぼしたのでティッシュで拭きとろうとしたのだがティッシュが部屋に置いてない。

浴衣もねー、タオルもねー、ティッシュもねー、ポットにお湯も入ってねー、のだが、オラこんな宿いやだー、とは思わなかった。

これがもし普通の旅館だったら、予想どおりの料理が出て、ちゃんとコップでビールを飲み、ちゃんと浴衣を着てお風呂に入って寝るだけで面白くも何ともない。

自炊の部分が楽しい。買い物の部分も楽しい。キャンプみたいで楽しい。

自炊旅行、これから流行《はや》りそうな気がする。

ショージ君の青春記

この下宿は、なぜか医学生が二人、青山学院大生、明大生が各一、隣室者の石田青年が早大生、それに、頼りなくなんとなくいるぼくも一応早大生ということで早大生が二人という構成だった。

どういうわけか、いいとこのご子息たちが多かったようである。

ここは賄《まかない》付きではなかったから、下宿人のほとんどは外食だった。

だが下宿人専用の台所が一つあり、自炊も一応可能ではあった。

月末になり、仕送りが底をついた人が、たまにうら寂しく、うす暗い台所でゴソゴソやっているという程度だった。

大の男が、裸電球のうす暗い灯りの下で、トントンとタクアンなどをきざんでいる姿は、かなりわびしい光景だった。

この下宿では、この台所でゴソゴソやっているということは、その人の生活力が、現在逼迫《ひっぱく》しているということを意味していた。

だがぼくは、この台所を最大限に活用した。

毎日毎日、朝も昼も夜も、台所でゴソゴソと動きまわっていた。

なにしろ定職とてなく、ローヤル劇場へ通ってヒマつぶしをする必要もなくなったので、他にすることがなくなったから、台所でゴソゴソやっているより他なかったのである。

たとえ定食食堂といえども、自炊よりははるかに高くついたのである。

米屋に行って、お米を一キロずつ買うことも覚えた。

八百屋や魚屋へ行き、おばさんや若奥さまの間に混ざり、おかずを買うことはあまり抵抗がなかったが、どういうわけかお米屋でお米を買うことには強い抵抗があった。

それでも最初のうちは多少の経済的余裕があるような気がしたので、この台所でぼくは長い間の念願であった夢を果たすことができた。

それは肉だらけのカレーライスを作ることであった。

家出を敢行したら、なにはともあれまず第一に、肉だらけのカレーライスを作ることが夢だった。

これまでのぼくの人生のカレーライスは、つねに肉が不足であった。

いったいカレー一皿分に、何個ぐらいの肉片があるのが、最も常識的なカレーといえるのだろうか。

三十数年の生涯を過してきた現在でも、未《いま》だに、

「ああ、きょうのカレーは、肉が豊富だった。充分だった。満足だった」

ということは一度もないのである。

カレーがおいしかった、ということは幾度もあるが、

「ああ、これでもう少し肉がたくさんあれば、もういうことないのになあ」

という不満がつねに残るのである。

ああ、肉だらけのカレー！
汁の中に肉があるのではなく
肉のすき間に汁があるカレー！

カレー汁の表面が、平らではなく
肉のために激しいデコボコのあるカレー！
掘れども掘れども肉また肉のカレー！
ゴハンひと口に、肉ひと切れを
必ずいっしょに食べられるカレー！
ラッキョウの助けも借りずに
福神漬の助けも借りずに
ときには、ゴハンひと口に
肉ふた切れを食べてもよいカレー！
掘れども掘れども肉また肉のカレー！
ああ、ああ、肉だらけのカレー！
肉だけでゴハンを食べきれるカレー！

肉だらけのカレーを讃える歌

これはぼくが当時作ったカレー讃歌である。
これほどまでに、肉だらけのカレーにあこがれていたのである。

ぼくはまず電気釜にゴハンをしかけると、スーパーマーケットに肉を買いに行った。肉といってもぼくの買うのはカレー用角肉とかシチュー用ナントカというのではなくコマ切れである。このコマ切れで肉だらけとは具体的に何グラムが適当なのか。当時は、ぼくはブタのコマ切れ以外の肉がこの世に存在することを知らなかったから、まっすぐコマ切れ肉の前に立った。

最初三百グラム買ってみた。百グラム四十五円である。

どうも足りないような気がする。

もう百グラム足してもらった。

まだ足りないような気がする。

なにしろ二十数年間、夢にまでみたカレーである。

讃歌まで作ったカレーである。

もし食べてみて、

「ああ、やはり肉がもうちょっとあったらなあ」

ということになったら、その無念、胸がはり裂けるばかりのものになると思う。

もう百グラム足してもらった。

合計五百グラムである。

まだ足りないような気もしたが、一応それを包んでもらって、カレールウを買った。

それから八百屋へ行ってジャガイモとタマネギとニンジンを買った。

ジャガイモの皮をむくのも初めてであったし、タマネギをきざむのも初めてであった。

ジャガイモもニンジンもタマネギも、どういう形に切ってもよいようなものであるが、いざ包丁の刃をあてるときはかなり迷うものである。

大型鍋にお湯を煮たて、全部を一ぺんに投入した。

やがてカレーの匂いが、おいしそうにたちこめてきた。

カレー汁の表面は、肉のために激しいデコボコができていた。

いや、激しいデコボコというより、肉がなみうつ、というような状態であった。

なぜかぼくは、

「ザマミロ」

と叫んだ。

それから、
　掘れども掘れども
　肉また肉のカレー

と、例のカレー讃歌に、でたらめの節をつけて歌った。

世紀のカレーはできあがった。

堂々！　ブタコマ五百グラム全投入！　のカレーが完成したのである。

これを部屋へ持ち帰り、テーブルはなかったから、畳の上に新聞紙を広げて、その上にカレーの入った鍋をおき、ゴハンを皿によそおうとした。

そのとき、
隣室の石田青年がトントンと戸をたたいたのである。

ブタコマ五百グラム、堂々全投入のこのカレー、食われてなるものか、と、ぼくはカレーの鍋を、例の「なんでも入っている押し入れ」に突っこんだ。

靴下とパンツの横であった。

「なんか、いい匂いがしますね」

石田青年は鼻をヒクヒクさせている。

「そうですかね。しますかね」

「おっ、食事ですか」

「いや、これから、タクアンを買ってきてね、それをおかずに食べようかなんて考えてたとこ、タクアンだけをおかずに」

「あ、そうか、じゃわるいや」

「うんまた今度ね」

「おっ、押入れからけむりが」

押入れからカレーライスの湯気がもれ出ていたのである。

「……」

「火《か》、火事では！」

ぼくは仕方なく押入れをあける。

「食べる？」

「いただきます」

ぼくはゴハンをよそい、カレー汁をかける。

「おっ、おっ！」

彼の目に感動の色が浮かんだ。

むろん肉のための感動である。

彼の皿には、肉を少なめによそったのであるが、それでも彼の目に感動の色が浮かんだのである。

「なにしろ五百グラム全投入！　ですからね」

「エ？　五百グラム！」

彼の目に今度は尊敬の色がみなぎったのである。

一人あたまの肉の量は、二百五十グラムに半減したが、それでもこのカレーはおいしかった。

むろんゴハンひと口に、肉ふた切れをそえて食べることもできたし、福神漬の助けを借りずにゴハンを食べることもできたのである。

結局三年間、ぼくはこの下宿にいたのであるが、三年間を通じて、この「肉五百グラム全投入」のカレーが最大の贅沢となった。

白メシ対談

東海林さだお × 椎名誠

僕らは
カレーライスの中の肉が、
ただひとつの肉だった

しいな・まこと

1944（昭和19）年、東京生まれ。作家、エッセイスト。1976年に書評誌『本の雑誌』を立ち上げ、1979年に同誌の連載をまとめた『さらば国分寺書店のオババ』で作家デビュー。『アド・バード』『岳物語』『旅の窓からでっかい空をながめる』などの他に、自身が率いる〝酒飲みおとっつぁん軍団〟のキャンプ道中をまとめた『わしらは怪しい探検隊』シリーズなど。

白いご飯が一番好き

椎名　ついこのあいだ、礼《れ》文島《ぶんとう》に行ってきましてね。逆上ぎみにウニ丼を食べてきました。ご飯の上にウニを厚さ七ミリくらい敷いてね。

東海林　七ミリですか。ドーンと、一センチにすりゃあよかったのに（笑）。

椎名　予算がそこまでいかなかった。二千円だと七ミリですね。

東海林　それは醤油か何かで……。

椎名　ワサビ醤油を蚊取り線香型にかけて、ほぐしながらね。あれはホントにまったくうまかったなぁー。

東海林　ご飯は熱かったですか。

椎名　ちょっと冷めぎみの。しかしまだ、ふっくらと温かいご飯。理想的なやつね。ウニが甘いんですね。

東海林　でしょうね。獲りたてね。カニはどうでした？

椎名　毛ガニはうまかったんですが、タラバガニがひどくてね。まず札幌でカニを食おうというので行った店が……。

東海林　観光客専門。

椎名　そうなんですよ。踊りを見ながらカニを食うというやつ。で、出てくるのが「すずらんセット」や「かっこうセット」の、四千八百五十円とか六千七百八十円というスーパー値段。肝心のタラバガニも、ソーセージくらいの大きさの足が一本しかつかないんです。なめるなタラバガニ屋め、という感じでしてね。

東海林　カニって、僕はあまり好きじゃないな。カニは六十くらいになったら食おうかなって感じ（笑）。あれは歯が丈夫な人が食うものじゃない（笑）。

椎名　う～んなるほど……。

東海林　女の人は好きですね。

椎名　そう、そうカニとかエビね。エビもダメですか。やはり六十過ぎてからでしょうか？

東海林　カニよりまだね……四十五歳ぐらいかな（笑）。椎名さんはどういうものが好きですか？

椎名　僕はですね、ウニとホヤとナマコの怪しき魚貝類三点セット。みんな醜いですよね、生前の姿が。

東海林　ホヤは好きだな。キュウリと。

椎名　キュウリと酢とね。東海林さんが世の中で一番好きな食べ物は何ですか？

東海林　（きっぱりと）ご飯、白いご飯！　で、鮭の切り身。それもお腹の丸まってるところだけをちょっと……。そこだけを集めて、熱いご飯で食べる。この熱い、というのが大事なんです。

椎名　それが第一位。第二位は？

東海林　納豆、ご飯と納豆（笑）。ぼくのは常にご飯がついてまわるんですね。これにふつうのネギと辛子、ちょっと塩を混ぜるんです。

椎名　醬油は?

東海林　醬油はもちろん。で、醬油入れてかき回してね。ここで重要なのはすぐ食べちゃダメなんです。あるていど醬油がね、納豆とネギにしみわたった頃にする。かき回して十分くらい置いとくと美味しくなるんですよ。

椎名　熟成させるんですか(笑)。

東海林　かき回されて納豆が興奮してるでしょ。沈静させる(笑)。そしておもむろに食べる。

椎名　それはご飯の上にドッと乗っけちゃっていいんですかね。

東海林　いや、少しずつですね。

椎名　正しい食べ方は少しずつ?

東海林　一口分のところに一口分の納豆を乗せて。バァーッと乗せちゃダメ。

椎名　納豆のブランドにはこだわりませんか?

東海林　ブランドよりも季節ですね。夏はダメ。全然もう、グチャグチャで。納豆じたいがね、腐りすぎちゃうんです。だから冷凍しとくといい。

椎名　やっぱりあれは冬、白い息を吐きながら、ご飯も白い湯気を吐いて……。

東海林　そう、それが一番正しい食べ方ですね。

椎　名　うーん。第三位は？

東海林　（きっぱりと）塩辛。塩辛にご飯（笑）。

椎　名　塩辛の状態は？

東海林　やはり自分で作って……。前に一回やったでしょう。

椎　名　やや甘目のやつですね。

東海林　で、ワタ充分。

椎　名　やや甘目、ワタ充分と（笑）。

東海林　あとね、世の中でこれは美味しいと思うのは、醬油をちょっとたらした生卵。それをそのままする。

椎　名　ずいぶん簡単ですね。

東海林　あまり簡単すぎて、みんなあの美味しさを認めないいんだけれど、これはすごく美味しいですよ。

椎　名　うーん。旅館の朝食なんかに必ず生卵出るでしょう。あれはだいたい、ご飯にかけて食べますよね。

東海林　あれも美味しいけれど、生卵だけで飲み込むのがいちばんうまい。

椎　名　なるほどね、第四位は？

東海林　タクアン（笑）。タクアンをバリバリ、ご飯で食べる。
椎　名　ただのタクアンでいいんですか。何でもない、そのへんのタクアン……？
東海林　美味しいタクアン。まずくないタクアン（笑）。

いいご飯は、立ってニコニコ笑ってる

椎　名　肝心のご飯ですけどね……。
東海林　美味しいご飯（笑）。
椎　名　美味しいご飯というのは、どういうんです、具体的には。
東海林　まずくないご飯（笑）。
椎　名　ますますわかりにくくなっちゃう。
東海林　電気釜じゃなくて、鍋で。鉄鍋ってあるでしょ。必ず一時間前にといで、それで炊いたやつね。
椎　名　水加減はふつうでいいんですか。寿司屋なんて、水加減で勝負してるでしょ。何か混ぜたりするんでしょ、ご飯に。
東海林　そうですね。ミリンを入れたりなんかしてね。

椎名　あれはふつうのご飯の場合はやっちゃいけないのかしら。

東海林　いや、お酒入れたりね、ミリンちょっと入れるとご飯が美味しくなる。

椎名　やはりそうですか。そしてよく、ご飯の水加減がよくて、お米がいいと、フタ開けた時にご飯が立ってるっていうでしょ。僕はまだ見たことがないんだけれど、本当に立ってますか?

東海林　立ってますね。表面がデコボコしないで、平らになってるのは寝てるんですね。いやんなっちゃって（笑）。いいご飯は喜んでね、立ってる。

椎名　立ってニコニコ笑っている。

東海林　そう、やはり、うまく炊くと立ってますね。大切なのは炊いてから一回、必ずかき回す。

椎名　炊き上がってからでしょ。

東海林　おヒツに空けるのが一番いいっていいますね。やはり水蒸気をあるていど、蒸発させるんでしょうね。余分な水蒸気をね。木だと水分が吸い込まれるからいいんですね。

椎名　杉の香りがついたりして。

東海林　そう、だから炊飯器で炊いて、ああいう状態であのまま食べたんじゃ、絶対

椎　名　美味しくないですね。

東海林　とくに最近の炊飯器は保温できるものがでてきてますね。あれは、ご飯がだんだん臭くなってくるのでダメ。やはり一回ずつ炊くものなんです。

椎　名　米の銘柄にはこだわりませんか？　ササニシキとかありますが……。

東海林　あれこれいうけど、結局は食べてみるまでわからないもの。銘柄をやみくもに信じるというのはどうもね……。

椎　名　むしろ、量のような気がしますね。昔は大家族だったから、七合とか一升とか炊きましたね。しかも釜を使って、直火《じかび》で。

東海林　鍋でもそうですけれど、昔の釜は底が丸かったんですね。それにカマドにも周辺に外壁があったでしょう。あれで全体に火が回るようにして炊くとうまいんです。今、底だけに火がチョビチョビと当たるだけでしょ。周りには火がいかないんですね。だから全体が温まってうまく炊けるという感じにはならないんですね。

電気釜もおそらくそうだと思うんだね。底の部分だけで加熱して、側面には熱があんまりいかないいんじゃないの……。今一番いけないのは、鍋が平らになっていることね。底がね。あれで、あらゆる料理がうまくいかないんですよ。昔のガスコンロって必ず底が立ち上がっていたんですね。あれが大事らしいですね。

椎　名　うーん、じつに説得力があるなあ。ところで、東海林さんが作る料理のベストワンっていうのは何ですか？

東海林　料理ですか……やっぱり常にご飯がまとわりつく（笑）。

ご飯も肉もアッアッに

椎　名　このまえ東海林さんに伝授されたのは牛肉とシソの葉のバター丼ですね。

東海林　あれも、あれだけ食べたんじゃ、あんまりうまくない……。

椎　名　やはりご飯がなきゃダメ？

東海林　そう。ほんのちょっとずつでいいから、何か食べてご飯も一口入れるという状態が一番うまい。

椎　名　僕は作ってみたんです。あの牛肉とシソの葉のバター丼をね。フライパンにまずバターをたっぷり。すごく多目に、ちょっと心配になるくらい入れちゃったんですね（笑）。あれはかなりジューと溶けてからのほうがいいんですか？

東海林　いや、あんまり溶けないほうがいい。バターはだいたい、ほら、熱が通りすぎると、香りがとんじゃうんですよね。

椎　名　じゃー、固まりが残っててもいいんですか……。そしてすぐ牛肉入れちゃったんですけど、それで正しかったんですか？

東海林　バター入れて、牛肉入れて。

椎　名　それで、間髪を入れずシソを。

東海林　シソはまだ後ね。肉に火が通ってからじゃないと香りがとんじゃう。だから、牛肉をバターで炒めるでしょ。そして醤油とお酒を入れる。

椎　名　あっ、お酒を入れるんですか。忘れてた。どれくらいの量を？

東海林　量はちょっとわからない。バーッと入れて。あとシソの葉ですね。

椎　名　シソはちゃんと大胆に大きく切りましたよ。

東海林　ウン、一枚を三つくらいに、裂いて大量に入れちゃう。一人前五枚ぐらいですね。で、最後にね、バターの小さな固まりを入れて……。

椎　名　バターを入れて、とどめをさす。これは美味しいですよね。汁はご飯にかける。僕の頭の中にあったんでね。大事なのは汁だ、汁だ（笑）って。うちのおばあちゃんが、美味しい美味しいって食べてた。でも、東海林さんがいったように、あれはさめちゃったらダメですね。

東海林　ご飯も肉も、アツアツのうちにやらないとダメです。誰もがうまいといいますね。でも僕の発明じゃないんですよ。あれは、本に出てる。カツオはやりましたか？

椎　名　カツオは、まだです。あれは勇気がいりますね。やはり僕は刺身が好きだから。すぐ、そのまま食べちゃいたいって感じがあってね。あれをムザムザ醤油に漬けちゃう、というのはちょっと……。

東海林　いや、でも刺身って、昔から醤油に漬ける、というのあるんです。むしろ、そのほうがうまいんです。とくに赤身なんかは醤油をどっぷりとかけてね。

椎　名　やはりご飯に乗っけて、ペタペタとお醤油の跡をつけながら食べる？

東海林　それでツユがご飯にしみ込むと……。

椎　名　その次は何ですか。

東海林　えーと、穴子も何回もやりましたね。

椎　名　穴子をどうされるんですか？

東海林　開いたのを買ってきて、二十分ほど蒸す。もうフワフワでじつにうまい。

椎　名　うーん。うまそうだけど。うーん（笑）。外食される場合のベストスリーってありますか？

東海林　牛丼（笑）。これはもう、とにかく速いのがいい。並と大盛の違いだけだから迷わなくてすむし。昼間は、何かを食べてやろうという気があまり起きないんですね。もっぱら駅のキツネソバか、牛丼のどちらか。

椎　名　ちょっと意外ですね。あっ、そうか大事な勝負は夜までとっておく（笑）。二番目は？

東海林　ときおり無性に食いたくなるものってありますね。カツ丼とかウナ丼。

椎　名　天丼は？

東海林　天丼はあんまりね……。やっぱりカツ丼（笑）。

椎　名　僕はサラリーマンを長くやってましたから、昼めしに何を食うかは常にすごく重大問題だったんです。結局、最後に落ち着くのは日替わりランチなんですがね。それも飲み屋が昼間アルバイトにやっているようなところがいい。しかし本当に美味しいのは、学生街の定食なんですね。二十回も煮返したような味噌汁のついてくるやつ。

東海林　新宿の西口に鯨《げい》カツってあるでしょう。ひところは新宿に出ると必ず寄っていたな。

椎名　肉の薄いやつですね。

東海林　肉も薄いし、油もひどい（笑）。辛子がついていてね。これにキムチを一緒にとって食べる。

椎名　あと、鯨のベーコン。赤い色のついた脂身の、いかにも大衆的という……。

東海林　なかなか食いちぎれなかったりしてね（笑）。あれはフライパンで少しあぶる。生で食うとギトギトするけど、ちょっと焼くと脂が抜けて、ビールによく合う。

カツ系統はビールに合う

椎名　ビールの話なんですけれど、僕が酒飲む時のおかずベストスリーというのは、先ほどもいったように、ウニとナマコとホヤ。これがもう輝く黄金のベストスリー。優劣つけがたい。

東海林　ホヤなんか、ご飯のおかずにならないでしょう。

椎　名　ならないですね。ちょっと異質すぎてね。それからナマコのご飯もないでしょう。完全に彼らは酒の肴として生存しているわけです。そこのところもえらい！

東海林　うん、しかしそれに合うのは日本酒でしょ。

椎　名　まぁー、僕なんかそれでビール飲んじゃいますけどね。東海林さんの場合はどうですか、酒の肴としての食べ物ベストスリーといったら？

東海林　ビールでいうと、鶏の唐揚げ。ケンタッキーのね。あれでビール飲むとうまいんですよ。脂っこくて塩味がして、あとは串カツ。

椎　名　串カツね。あれはわりとビールになぜか合いますね。どうしてなんだろう。

東海林　ビールだとね、フライもいい。アジのフライも……。

椎　名　どういうわけかカツ系統が多いですよね。

東海林　カツ系統ギトギト派だな（笑）。

椎　名　枝豆とかソラ豆っていうのは、あんがいよくないんですね。あまり合わないんですね。うまいと思わない。

東海林　あれは、四つか五つ食べれば、いいですね。

椎　名　あれは結局は、手の遊びでしょう。味じゃないような気がするな。

東海林　皮がむかれて山盛りになっていたら、食べる気しないもんね。やはり皮をむくところがいい……。

椎　名　そうそう。プチンとね。あれは酒飲む時の土俵入りのような一種の儀式みたいなもんじゃないかな。どっちがビールの露払いか太刀持ちか、わからないけれどもね（笑）。

東海林　スタートの儀式ね。

椎　名　そう、しょせん、つまみの本命にはなりえない。やはりカツ系統はビールに合う、というのはまさしく僕は正論だと思いますね。

東海林　でもトンカツみたいに大きくなっちゃうとダメね。小ぶりでないと。

椎　名　片手で操作できるという。

東海林　そう、串カツも串を抜いてあっちゃダメなんです（笑）。あとね、塩タラってあるでしょう。あれもビールに合うね。

椎　名　安いですしね（笑）。

東海林　タコの燻製もうまい。

椎　名　日本酒の場合は？

東海林　日本酒はですね、鍋物はせわしなくてダメなんです。すき焼きもね。

椎名　東海林さんの漫画にも出てくるけど、争奪戦のもとになるという……。

東海林　そう、やはり刺身とか、貝ね。あとモツ煮込みとかね。

椎名　ウン、あれはいいですね。

東海林　七味唐辛子とネギたっぷり。

椎名　本当にうまいモツ煮込みを食べさせるところは、美味しいですね（笑）。

東海林　毎日もうずっと煮込んでいてね。ドロドロになって……。多少味噌が入る。
それから焼き鳥もいい。塩辛は甘口のやつね。

椎名　洋酒部門のほうはどうですか？

東海林　ウイスキーだと、チーズ、南京豆（笑）で、あまり大したものはない。刺身なんか合わないでしょう。ご飯も合わない。酢の物もねぇー……。

椎名　僕もしいていえば、まぁー、ピーナッツとチーズぐらいですね。ビール、日本酒、洋酒間において、ピーナッツくらいかな、節操なくあちこち歩いているのは。

東海林　ウーン……あれはビールでもいいし、日本酒でもいいですね。

椎名　あれ、個性がありそうで、ないんですよね。お手軽でね。つまり酒の肴の前座もいいところでしょ。

東海林　まあ結局、ウイスキーで何か食べるっていうもんじゃないからね、ウイスキーは流し込むもんだね。

椎　名　そこへいくと、ワインは食べ物を選びませんね。肉類はもとより、ソラ豆、枝豆などの豆類もオーケー。場合によっては僕は焼きそばでもいい。そういう意味ではワインはえらいですね。高貴なふりして、じつはへりくだっている。その点ウイスキーはどうも自己主張が強い。

東海林　いつでも主役だからね。

椎　名　僕の場合の正しい酒の飲み方は、まず生ビールをジョッキで二杯。つまみは何でもいいんです。寛容な心というか、どんなつまみでも勝負したるわ、って感じで。第二段階はわりと安易にウイスキーになってしまう。最近はバーボンが多いんですが、これもおおらかというか、肴にたいして許容力がある。

東海林　僕も最初はビール。それから冬なら日本酒をちょっと飲んで、最後はウイスキーでしめる。椎名さんはスコッチと日本のウイスキーでは、どちらが好き？

椎　名　いやー、飲んでもあまりわからないですよ。どちらかというとムード派だから、角瓶がいいですね。オールドよりも時代の深さを感じさせる。

東海林　あれは昔、白い紙で包んであってね。紙を破る時には、いよいよ飲むぞ！って感じでね（笑）。

椎　名　それは知らなかったなあ。

東海林　でも、ふだん飲んでたのはトリス。ストレートで一杯五十円だった。

椎　名　僕が男ども五、六人と下宿していた時は合成酒ばかりでしたよ。悲しいことに。

東海林　ライナービアーって知ってます？　やっぱり合成ビール。僕らはあればっかり飲んでた。

一番贅沢な弁当は海苔の三段重ね

椎　名　ところで梅干が全然出てきませんけれど、梅干はどうするんですか？

東海林　梅干は、ご飯にもあんまり合わないです。おにぎりの場合は合うけどね。アツアツのご飯と梅干では、ちょっと強すぎるのかな、両者の個性がね。おにぎりの場合は、ちょうど冷えてるでしょう。で、まろやかに一体化しているという感じがするんだけど。

椎　名

東海林　あれは周辺部が美味しいんです。

椎　名　そうそう、梅干本体よりもね。それと僕が弁当で好きだったのが鮭の粕漬け。あれを焼いてから、こう醤油をわりと多めにつけて、弁当の真ん中に置くわけです。お昼頃になると、粕漬けの味と一緒に醤油が周りにしみ込む、この味といったらなかったですね。塩鮭だと、どうしてもこの味が出ないんです。

東海林　かなり高級な弁当だなあ（笑）。いい家の息子という感じで。

椎　名　東海林さんの場合、一番美味しい弁当というと。

東海林　僕なんかはサツマイモが五本、ていう時代（笑）。あとはショウガの塩漬けとかね。山の中だったから、塩鮭だともう大変なごちそうだった。

椎　名　卵焼きはどうですか？　弁当では一番活躍しますが。

東海林　僕らの頃は貴重品で、弁当ごときに登場の機会はなかったなあ。

椎　名　僕の場合、弁当で一番贅沢だったのは、海苔の三段重ね。

東海林　あれは、よくやりましたね。醤油ベタベタで。でも僕は二段重ねだった（笑）。

椎　名　何もおかずはないよ、というふりしながらね、実は中に三段重ねでバキッとある。キザなやつ（笑）……。ありゃー、しかし、たまんなかったですね。

東海林　さらに一番上に卵焼きを目いっぱい乗せて、梅干とオシンコがあると、これが輝け第一位スーパー・ゴールデン・スペシャル・デラックス弁当（笑）。僕らの頃は、丸美屋のふりかけ。学校の机の中に置いとくんですよ。知らないかなあー。

椎　名　ノリタマみたいなもの……。

東海林　ノリタマの元祖みたいなもの。

椎　名　このあいだ、仕事で今の高校生がどんな弁当を食ってるか、取材したんです。いやー、いいもの食べてるんですね。僕らの頃はみんな形の決まった弁当箱でしたけど、今は色とりどり。幕の内風あり、扇型あり、なかには三段重ねなんていうデラックス弁当もある（笑）。それに、新聞紙に包んでいるのは一人もいない。

東海林　いったい何に包んでるの？

椎　名　デパートの包装紙とか大きいナプキンです。それで机を自由に動かして、五、六人ずつまとまって食べている。残念だったのは、かれらはおかずの取り替えっこをしてませんでしたね。僕ら中学校の時に養鶏場の息子がいたんですが、人気ありましたね。炒り卵なんか二センチくらいの厚さで乗っかってるから、半分取られても痛くも痒くもない（笑）。

東海林　やっぱり貴重品だった。

椎名　ところが、その息子のほうは毎日卵だったもんで、逆に恥ずかしがっている（笑）。

東海林　僕は中学校が家に近かったから、食べに帰っていた。イタリア式で（笑）。高校は食堂があって、ほとんどウドンを食べてた。あとは、コッペパンにピーナッツバター。

椎名　僕が好きだったのは、コッペにコロッケを二つはさんで、ソースをいっぱいかける。

東海林　そんな贅沢なものなかった！

コロッケとコッペパンの共和国時代

椎名　あ、これが例の……この店の「真砂《まさご》」風サーロインステーキですか。うまそうですね。肉が出たところで、お聞きしますけど、東海林さんの肉に対する見解は（笑）。

東海林　僕ね、こういう大きい肉っていうのは……やっと、三十過ぎてから食べた。肉というと、もうカレーライスの中の肉がただひとつの肉だった。だからこういうステーキは、もはや肉料理ではない（笑）。別の料理です。

椎　名　肉の概念を超越しちゃう？

東海林　そうですね。肉は使ってあるけども肉料理じゃない（笑）。

椎　名　そうすると、肉はカレーライスの中の豚肉にとどめを刺しますか。

東海林　そうカレーライスの中の大きいやつ。多少脂があって。あんまりいい肉じゃない。

椎　名　僕らの頃はもう肉はだいぶありましたけどね。

東海林　七年の差で、かなり違うなあ（笑）。

椎　名　今思うとメロンがすごく高級で、子供の頃はとても食べられなかった。それに出始めのグレープフルーツなんて宝物だった。

東海林　グレープフルーツっていえば、僕は生まれて初めて行ったゴルフ場で、生まれて初めて食べた。あの曲がったスプーンが出て、これがグレープフルーツか、って……。

椎　名　感動しました？

東海林　感動というより、ものすごく高いものだと。

椎　名　僕は基本的には、どんなにうまくても高いものは嫌いなんです。自分自身の中で理解できない気がして、抵抗感がある。

東海林　高くしてある、という面があるからね。

椎　名　だから、フォアグラとかキャビアは美味しいと思わないんだけどなあ。

東海林　美味しいのは美味しい（笑）。

椎　名　やっぱり、僕はまだちゃんと食べてないのかなあ。

東海林　僕らだってサツマイモ五本から、突然いろんなもの食べ始めたでしょう。本当の味なんかわかるわけないですよ。食物遍歴でいうと、サツマイモからスイトン、フスマダンゴを経て、それから魚肉ソーセージが出てくる。

椎　名　けっこう美味しかったでしょう？

東海林　すごーく美味しかった（笑）。もう少し上等なのがウインナーソーセージ。下宿にちょっとブルジョアなのがいて、そいつが一袋買ってきて炒めているんだよね。切れ目なんか入れて（笑）。こっちは〝まるは〟だから、すごい差があったよね。

椎　名　魚肉ソーセージとウインナーの間には深い溝があった（笑）。そのあとは？

東海林　ステーキなんか、まだ出てこない。ハンバーグくらいかな。

椎　名　ハンバーグねえ。どうもあれは理解できないんですよ。むしろメンチカツのほうが美味しい。今、どんどん斜陽化してるけど。

東海林　コロッケの時代もあったなあ。

椎　名　僕はかなり長かったですよ。コロッケとコッペパンの共和国時代（笑）。最近ではフランス風に〝クッペ〟などと気取ってるのが気に入らないけど。あの頃のコッペはうまかったなあ。

東海林　縦に割って、大きな缶に入ったピーナッツバターを塗る。あと、ジャムにマーガリン！　ただ、店のおばさんが、あまり塗ってくれなくてね。薄ーく、薄ーくで……。

椎　名　ひところスーパーでは「十円・百メートル」といわれて、十円安いと百メートル先まで買いに行った。僕らだって、バタピーをちょっと厚く塗ってくれる店があれば、かなり遠くまで足を伸ばしたもんですね。そういう思いに比べると、最近のハンバーガーやホットドッグはダメですね……。最後にラーメンの話をしてしめくくりましょうか。ラーメンは東海林さんの中では、どんな位置にいるのですか？

醤油が絶対えらい

東海林　そうですね。そんなに食べるほうじゃないです。昔はね、飲んだあと家に帰る途中食べるラーメンが美味しかった。

椎　名　あれはアルコールがアセトアルデヒドに分解されて、ラーメンのつゆの酸味を求めるという確たる構図があるんですよ、科学的にいうと（笑）。

東海林　アルコールを飲むと身体が酸性になるから、むしろアルカリ食品を要求するんじゃないのかなあ。

椎　名　悪いものは悪いものを呼び合うんです（笑）。僕も酒飲んでね、ちょっとフラフラしたあとで、やたらラーメンが食べたくなりますね。

東海林　どんなまずいラーメンでも、うまいんだね。

椎　名　しかも、丼なんかろくに洗っていない屋台の、あれがうまい。

東海林　味覚が麻痺しているから、熱くて、醤油の味がして、中にラーメンが泳いでいればいい。ただ減量のために、今はラーメン食べないんですよ。

椎　名　本当は好きなんでしょう？

東海林　そう、好き、今でも食べたい。でもその点に関しては自制心はすごくできている。

椎　名　ラーメンに対する自制心ね。とても耐えられないなあ。僕はラーメンならね、一回食べて、美味しかったら、また食べちゃいますね。苦しくても……。仲間うちでも僕くらいですよ、いまだにラーメンの大盛食べちゃうのは。

東海林　でも太らないでしょ？　だからいい。僕は飲んだあとラーメン食べて寝たら、翌日はもう……（笑）。

椎　名　わりと体を動かしてるんですよ。毎日一時間くらいね。そうすると腹がへるから、沢山食べられる。悪循環かも知れないけど、体重はここ何年も変わってないですから。

東海林　やっぱり闘争精神があるんだ。精神だけで、かなりエネルギーを使っちゃう（笑）。

椎　名　ところで、札幌ラーメンはうまくないですね。札幌でも何回か挑戦したけど、結論が出ました。あれは一部の人間が騒いでるだけでみんなの錯覚の産物ですよ。やはり正しい味は醤油のフツーラーメンですよね。

東海林　そう、やはり醤油の味に戻るのね。醤油とね、メンマと豚肉、これにもう戻る、必ず。

椎名　そう。ラーメンは東京が一番うまい。それも中央線沿線が一番うまい。だから、今日の話の結論をいうと、醤油が絶対えらいってことですね。醤油がなかったらね、すべてこの話は崩壊しますね（笑）。だって東海林さんの好きな物って、ほとんど醤油に関係してる（笑）。

東海林　いやね、日本人の料理というのは必ず醤油なんですね。ということは、すごい狭い範囲内で勝負してるわけですよ。

椎名　僕の知り合いにも、醤油があれば人生何もいらないっていうのが、結構いますよ。クマさんなんてチリ紙をあぶって醤油をかけて食っちゃったり、肴がないときは日本酒に醤油をたらして味つけて飲んじゃったり（笑）。

東海林　醤油のこげる匂いには、必ず人類が寄ってくるっていいますね。お祭りのイカ焼きとかトウモロコシの匂いなんか。

椎名　醤油がなかったら、どうして生きていける（笑）。われわれも醤油について、もっと正しく評価しなくてはいけませんよね。この対談は醤油対談ですね（笑）。

4章 おにぎり編

おにぎりの憂鬱

人々はおにぎりをどのように食べているのだろうか。

最近になって、そのことがしきりに気になってきた。

どのようにというのは、ゴハンと、中心にある具を、どのように配分しながら食べているのだろうか、ということである。

ここに一膳のゴハンと塩ジャケ一切れがあるとする。

この場合は、両者を目で見ながら、一口分のゴハンにこのぐらいの量のシャケ、という配分ができる。

だがこれをおにぎりに握ってしまうと、ゴハンのほうは見えるがシャケのほうは見えなくなってしまう。

見えないシャケをどうやって配分するのか。

人々はどうやって配分しているのか。

ぼくはその配分問題でずーっと苦しんできた。

おにぎりは中心に具、周辺にゴハンという構造になっているため、最初の一口には具が含まれない。

歯の先が具のところまで届かず、ゴハンだけの一口となる。

ぼくはこれが嫌なのです。

絶対、嫌。

一口分のゴハンには適量のおかずが含まれていないと絶対に嫌。

ところがつい最近、

「おにぎりの、ゴハンだけの最初の一口も、それはそれでいいもんだよ」

という人に出会ったのです。

目からウロコ。

おかずなしのゴハンをそれなりに楽しむ、というのです。

嫌。絶対、嫌。

ぼくはそれまで、日本人の誰もが、おにぎりの〝最初の一口問題〟で苦しんできたと思っていたのです。

日本のおにぎり史は古く、「さるかに合戦」にも出てくるくらいだから、それから数えて、エート、……、とにかく五、六百年以上の歴史があるはずだ。

日本人は五、六百年以上、おにぎりの〝最初の一口おかずなし問題〟で苦しんできたのだと思っていた。

ところがどうもそうじゃないらしいのだ。

そういうことならそれでもいい。

一口目はおかずなしでもいいことにしよう。

じゃあ、この問題はどうなる？

一口目を〝それなりに楽しく〟食べ終えたとしよう。

二口目あたりから、いよいよお楽しみの〝具含有期〟に入るわけだが、ぼくにとってはここでも問題が発生するのだ。

それは〝一口分のゴハンに対する具の適量問題〟である。

最初に書いたとおり、中の具はゴハンに包まれて見えない。

したがって、一口分のゴハンに対する具の適量を選択できない。

歯先を頼りに、このぐらいかな、と、まったくのあてずっぽうで具の部分をけずり取っているというのが現状ではないだろうか。

その結果、

「いまの一口はシャケの量が多過ぎた。残念」

とか、

「いまの一口はタラコの量が少な過ぎた。用心が足りなかった」

などの、一口ごとの不平不満が発生することになる。

ぼくなんか、かじる前から、

「これからの一口は、もしかしたら少な過ぎるタラコを噛み取ることになるのではないだろうか」

とおそれ、

「この一口の梅干しの量が多過ぎたらどうしよう」

と憂慮し、はたしてそのようになり、悔やみ、

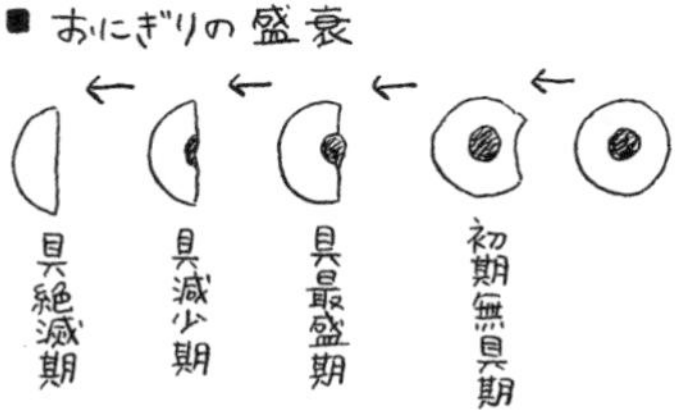

無念の思いとともにそれを飲みこむことになる。

具を目で見えるようにする方法もある。

二つに割って食べる食べ方である。

こうすると具が露出して、ある程度の具の配分ができる。

実際にこうやって食べている人を見かけるが、なんだかなー。

せっかくのおにぎりがなー。

どうもなんだか、いつもクヨクヨとおにぎりを食べている。

ぼくにとっておにぎりは、無念と残念と用心とおそれと後悔と憂慮の食べ物なのだ。

おにぎりは初期無具期、中期少量有具期、中心部具最盛期、中心部を過ぎてまた中期少量有具期となり、最後の具絶滅期となる。

一個の歴史は変化に富んでいるといわねばなるまい。

話は変わるが細巻きというものがありますね。

テイクアウトの寿司の店などでは、納豆巻き、干ぴょう巻き、鉄火巻きなどを一本、切らないで長いまま売っている。

あれを手に持って、はじから食べていくことを考えてください。

一口目、嚙み取れば具必ず含有。しかも適量。

二口目、嚙み取れば具必ず含有。しかも適量。

三口目、以下同文。

初期無具期もなければ最盛期もない。

無念も用心もおそれも憂慮もない。

黙々と食べていって心に乱れが生じない。

ところがある日、長い納豆巻きをはじから食べていて、そのあまりの単調さに、おにぎりのあの一喜一憂がなんだか懐かしくなった。

また別の日、塩ジャケのおにぎりを食べていて、細巻きの平穏無事も、あれはあれで悪くないな、と思うのだった。

おにぎり一個と細巻き一本の両方を手に持って、交互に食べるというのはどうでしょうか。

おにぎりは左手で

質問です。

「あなたはおにぎりは右手で持って食べますか？　それとも左手で持って食べますか？」

池上彰さんだったら、

「いい質問ですね」

と身をのり出してきてニッコリするはずだ。

この質問は、そのぐらいいい質問なのだが、大多数の人は、

「何てくだらない質問だ」

ということになるにちがいない。

コンビニのおにぎりで考えてみましょう。

コンビニのおにぎりは、包装をはがすためにとりあえず左手で持つ。はがしたものをそのまま口に持っていく。

そのまま食べていく。

次は何をつけて食べよっかな！
しかしディップ食いもわるくないかもしれない
カレーソース
マーボー豆腐の豆腐ぬき
ゴマ油に塩（レバ刺し食い）
カニ玉のアン

そのまま食べ終わる。

ということは、おにぎりは左手で食べるということになる。

「いや、オレは途中で右手に持ち替えるよ」

という人は無視。

左手で持ったおにぎりは、最後まで左手から離れることはない。

途中で宅配便が来たり、急にトイレに行きたくなったりした場合はいったん左手から離れるが、持ったままで対応するという人は最後まで左手から離れないことになる。

ある日、テレビを見ていたら、ラーメン屋のサービスメニューにおにぎりが出てきた。

客はそのおにぎりを、小鉢に入れた明太マヨネーズをつけては食べ、つけては食べしている。

コンビニの「明太マヨ」は、具としておにぎりの中に埋めこまれている。

その具を外に出したのである。

ウーム、とぼくはうなった。

大変なことになった、と思った。

具を外に出す。

このへんに
持って食べれば
最短距離で済む

これまでのおにぎりの歴史は、具の内包の歴史であった。

日本人は、犬が本能的に骨を土の中に埋めるように、おにぎりの具を見れば本能的におにぎりの中に埋めてきた。

きゅうりやニンジンなどの野菜スティックにディップをつけて食べるように、おにぎりのディップ食いという分野が生まれたのである。

前述したように、これまでのおにぎりは〝左手から口へ直行〟の歴史だった。

左手のおにぎりは、どこへも立ち寄らずに口へ直行していた。
寄り道はしなかった。
そのおにぎりが寄り道をする。
ラーメンにもこういう歴史があった。
つけ麺の誕生である。
それまでのラーメンは、〝丼から口へ直行〟の歴史だった。
つけ麺が誕生して、麺が別の丼（ツユ）に寄り道する食べ方が生まれた。
おにぎりの〝つけ麺食い〟が、この21世紀に誕生したのだ。
これまでのおにぎり、すなわち具が埋めてあるおにぎりには実は欠点があった。
この欠点は、これまで誰も指摘したことはなかったが、実は大きな欠点だった。
具（たとえば梅干し）は埋めてあるので外からは見えない。
具が外から見えないということがおにぎりの最大の欠点だった。
おにぎりは、究極的には、「ゴハンとおかず」という構造になっている。
われわれ日本人は、ゴハンに対するおかずの量に敏感である。
常にそのことを考えながら食事をする。
だがおにぎりは、ゴハンの量に対するおかずの量の調節がむずかしい。おかずの適

ディップ食いには
コういうおにぎりが
いいかも

量は探り当てるよりほかない。

「うむ。いまのひと口は、ゴハンとおかずの量がピッタリだった」

ということは、おにぎり一個につき一回ぐらいしかない。

おにぎりのディップ食いは、この問題を一挙に解決してくれる。

ゴハンに対するおかずの適量を、目で見ながら食べることができる。

ではこれからのおにぎりは、すべて具を外に出した食べ方になっていくのか、というとそれはわからない。

おにぎりの魅力はその簡便さにある。手から口へ直行、左手一本で済む食事、というところに人々は惹かれた。

おにぎりのディップ食いは、ややこし食いである。

単純に食べられるものをややこしくして食べる。

特に夏場は、このややこし食いは敬遠されるような気がする。

なぜかというと、夏は他の季節と比べてとにかく忙しいからである。どういうふうに忙しいかというと、他の季節にはない〝やたらに汗を拭く〟という行為が加わるからである。

この季節、われわれは一日何回汗を拭いているのだろう。

「きょうは合計97回汗を拭いた」

というふうに、いちいち数えたりしないので、誰もその回数を知らない。

「きょう一日の全国的な回数は１０７回」

というように、汗を拭いた回数でその日の暑さを知らせるというのはどうだろう。

おにぎりをわざわざ寄り道させて食べるのは、ただでさえ忙しい夏場の日常をいっそう忙しくさせることになる。

ディップ食いのおにぎりを、公園のベンチで食べるとどうなるか。

もう忙しくて忙しくて、汗を拭いてんだかおにぎりを食べてんだか、わけがわからなくなるにちがいない。汗を拭くためには右手が必要で、そうなると、やっぱりおにぎりは左手。

「おかかは⑥位でいいのか」

「おにぎりの具は何が一番か」

酒の席などで話題が途切れてシーンとなったとき、これは恰好のテーマである。おじさんたちは急に活気づく。

2013年5月4日、朝日新聞の「beランキング」という連載コラムで行ったアンケートの結果は次のようになっている。

①シャケ、②梅干し、③昆布、④めんたいこ、⑤たらこ、⑥おかか、⑦炊き込みごはん、⑧焼きおにぎり、⑨ツナマヨネーズ、⑩赤飯。

ホーラ、たちまちかんかんがくがく、それみたことか、あり、切歯扼腕《せっしやくわん》、あり、それぞれの贔屓《ひいき》筋からいっせいに声があがる。

AKB48の総選挙に劣らぬ騒ぎになる。

おじさんたちにとっては、ＡＫＢ48よりおにぎり。
ぼくの不満を申しのべれば、おかかの⑥位である。
①位のシャケは、まあ、納得できる。

②位の梅干しも、何となく肯《うなず》ける。
そして③位が昆布。
これが納得できない。
昆布に③位の実力、あるのか。
おかかは昆布のずっと下なのか。
ぼくに言わせれば、③位はおかかでなければならない。
なぜぼくはおかかを③位に推奨するのか。
ぼくはこれから長い物語を物語らなければならない。
おにぎりとは何か、ここから話を始めなければならない。

おにぎりは容器からの独立を目差したゴハンの一派である。
それまでのゴハンは、茶わんという容器の支配下にあった。
ゴハンは常に一膳、二膳という単位で数えられていた。
ゴハンは独自の単位を与えられていなかったのである。
容器から脱出して、初めて一個、二個と数えられるようになった。
初めて人権を認められたのだ。
どんなにか嬉しかったことであろう。
おにぎりは奴隷解放にも似た喜びにひたった。
塩や味噌に協力をあおぎ、彼らを表面にまぶした平和な時代がしばらく続いた。
そのうち、具の内部侵攻が始まったのである。
あとで聞くと、当人には何の相談もなかったそうだ。
シャケ、梅干し、昆布、様々なものが内部に入り込んでくるようになった。
ようやく独立を果たし、自由を謳歌しているうちに油断もあったのであろう。
ふと気がつくと、内部がやられていた。
シャケにやられた。
梅干し、昆布にもやられた。

彼らは次第に力をつけていった。

世間は彼らを本尊と考えるようになっていった。

いつのまにか、おにぎりは本尊を内部に抱える境遇になっていたのである。

梅干しで考えてみよう。

梅干しと、それを取り囲むゴハンは、本尊と本堂の関係と世間は見る。

本堂とは、本尊を安置するための建物である。両者の従属関係は言うまでもなかろう。

シャケのおにぎりは、シャケという本尊を安置するための囲いである。

昆布もまた同様である。

自由を求めて茶わんから脱出したおにぎりであったが、その自由を内部のものによって搦《から》めとられることになってしまったのだ。

おにぎりの運命やいかに。

ここに一人の救世主が現れる。

それはおかかであった。

おかかは本尊を目差さなかった。

本尊を目差さず、現地での融合を目差した。

つまり一体化を信条にしたのである。

シャケも梅干しも昆布も、本尊としての矜持《きょうじ》から、周辺との間に境界をつくっている。

おにぎりを食べるときのことを考えてみよう。

味覚の尖兵、歯が、おにぎりを嚙みしめていくと、やがて具に突きあたる。


シャケに突きあたる、梅干しに突きあたる、昆布に突きあたる。

このとき歯は、求めていたものがあった、と喜び「あった感」を感じる。

おかかはどうか。

「あった感」がほとんどないのだ。

何しろグジャグジャしているので、あったことはあったのだがあんまりあったような気がしないな、と思っているうちに、いつのまにかおかかの味がしみ込んだあたりのゴハンの味になり、ゴハンだけの味になり、海苔の味になっていって、最終的には〝おかかのおにぎりの味〟になる。

これぞおにぎりというものの理想の姿ではないか。

そしてまた、おかかのおにぎりはおいしいんですね。

何という懐かしい味であろう。

シャケや梅干しや昆布と懐かしさがちがう。

何と言っても鰹節はダシの王者である。

味噌汁にも、煮物にも、おでんにも、ほうれん草のおひたしにも、お好み焼きにもタコ焼きにも、海苔弁にも鰹節は使われていて、日本人は子供のころからありとあらゆるところでその味に親しんでいる。

日本人の血にはおかかのダシが混じっていると言われている。

舐めてみると確かにおかかの味がする（ような気がする）。

もし「おにぎりの具48総選挙」というものが行われるならば、ぼくはまっ先に会場に駆けつけて、会場で「おかか、おかか！」と絶叫したい。

懐かしき味噌おにぎり

テレビで古い映画を見ていたら、小さな子供が味噌で焼いたおにぎりを頰ばっていた。いやあ、懐かしいのなんのって……。

味噌焼きおにぎりのことはすっかり忘れていたが、それを見たとたん、味噌焼きおにぎりにまつわるもろもろのことをいっぺんに思い出した。

味噌焼きおにぎりは、ぼくの子供のころの食生活を象徴するような存在だった。ぼくの子供時代の原風景の一つといってもいい。

子供時代のわが家の台所の光景が、たちまちのうちに思い出される。台所の片隅にいつも置いてあった梅干しの入った茶色いカメ。水道の蛇口にくくりつけられていた白い布の袋。台所のあがりがまちに置いてある縫い目のはっきりした雑巾。

外で遊んで帰ってくると、この雑巾で必ず足の裏を拭くことになっていた。いいかげんに形式的に拭くと、必ずやり直しを命ぜられたものだった。

昔はジャーというものがなかった。それジャー余ったゴハンはどうしたかというと、とりあえずおにぎりにした。

一つは塩むすびだ。お釜の底の、少し焦げ目のついたゴハンを、母親が手に塩をつけて握ってくれる。おにぎりを握るときの、母親の濡れた手のひらを、なぜかいまでもはっきり覚えている。

味噌が
焦げた香りが
たまらんとですたい

もう一つが味噌をまぶして焼いた味噌おにぎり。ところどころ黒く焦げた焼きたてを、手で持って立ったままアフアフと食べたものだった。

そう。この味噌おにぎりも、塩おにぎりも、立ったまま食べるのが決まりだった。味噌の焦げた匂いが香ばしく、表面はカリカリに乾いていて、そこを噛みくずすと中からホグホグに熱い湯気が立ちのぼるのだった。

醬油で焼いたおにぎりは冷凍物で売っているが、味噌のおにぎりはない。

味噌おにぎりはどこにも売ってない。商品としてないのだ。いまどき商品のない食べ物はめずらしい。つまり味噌おにぎりは、自分で作って食べるしかないのだ。

エート、どうやって作るんだっけ。

ジャーのゴハンを茶わんに取り、手を水で濡らしておにぎりを握り、それに味噌をまぶしてガスコンロの上の金網で焼いてみた。

みなさん。味噌焼きおにぎりをあなどってはいけません。いまぼくがやった方法では必ず失敗します。

おにぎりが金網にくっつくし、それをはがそうとするとその部分が大きくはがれるし、全体を持ちあげようとするとグズグズと崩壊する。

それから試行錯誤すること一カ月。いまでは、おにぎり士一級、あるいはおにぎり初段ともいえる腕前になった。その秘法をここに公開しましょう。

《アチーの秘法》

ゴハンは熱くなければならぬ。ゴハンは冷めると粘着力を失う。必ず熱いうちに、あるいはレンジでチンしてから用いる。手のひらを十分に濡らし、ここに熱いゴハンをのせると、十人が十人「アチー」と言う。

《オッチメの秘法》

ゴハンはかなり強くオッチメル。オッチメルは栃木地方の方言で、「押し詰める」の意だ。おにぎりを焼く場合は、かなり強くオッチメないと崩壊する。手のひらで、上からの加圧、横からの加圧を十分に行う。

《チンコイの秘法》

チンコイも栃木の方言で「小さい」の意だ。焼きおにぎりは大きいと火がなかなか通らない。なるべく平べったく、なるべくチンコイのがいい。

さて、十分オッチメて、チンコイおにぎりができあがった。

まずガス火の上で、金網を一分以上カラ焼きする。金網の温度が低いとおにぎりがくっつく。金網をカラ焼きしたら火は弱火。この上にチンコイおにぎりをのせてとりあえず素焼きする。片側二～三分ずつ。おにぎりを火にのせたら、ひっくり返すまで絶対にさわってはならぬ。

両側を二～三分ずつ焼いたら、上下に味噌を指で塗る。味噌は意外に塩気があるのでなるべく控え目に。横の部分は塗らなくていい。そのほうが見た目がかわいい。

塗ったら、また片側二～三分ずつ焼く。味噌がところどころ黒く焦げるぐらいまで焼いたらできあがり。焼いているうちから、味噌の焦げる香ばしい匂いがして、いても立ってもいられないくらいだ。

焼きあがった熱いやつを、アチアチと言いながら、手から手に移しながら、ころあいをみて頬ばる。こういうものを頬ばるとき、必ず目が上目づかいになり、必ず首が左右どちらかに少し傾く。そうです。それが味噌焼きおにぎりの正しい食べ方なのです。

それにしても、焦げた味噌ってなんておいしいんでしょう。香ばしい、という言葉の語源は、実は味噌の焦げる匂いにあったのだ、と思うくらいいい匂いだ。

味噌はいつも水（湯）の中に入れて用いられ、直接焼かれることはめったにない。しかし、味噌の本領は焼かれることによってこそ発揮されるのではないか。清少納言も枕草子の中で、味噌の味は「焦がされてこそ」と言っています。（ウソです）

味噌焼きおにぎりは、味噌がジカに舌にあたってしょっぱい。そのしょっぱさをゴハンが急いでうち消し、急いでうち消したところに味噌が再び急いで顔を出す。

ビールに合います。

味噌をまぶすとき、コチュジャンを混ぜると更にビールに合う。

更にすりおろしたニンニクを混ぜると更にビールに合います。

おにぎり解放運動

おにぎりの歴史は内包の歴史である。
シンボルの内在の歴史であり、具の秘匿の歴史である。
秘すれば花。
おにぎりは隠し事の思想に貫かれている。
梅干しで考えてみよう。
梅干しはその周辺を厚いゴハンで覆われている。
そして更に、光を通しにくい黒色の海苔でその上を覆う。
あくまでも具を包み隠そう、その思いは今日《こんにち》のわれわれにも充分伝わってくる。
いま梅干しは、闇の世界に閉ざされた。
その梅干しのおにぎりを、いま一人の男が食べようとしている。

天むすのエビ天を歯でタテ半分に噛み切ろうとして転落させた人の数ははかりしれない
グラッ

男はそのおにぎりの具が梅干しであることを知っている。

知ってはいるが、そのことを確認しようとはしない。

ただアングリと口を開けておにぎりを嚙み取り、またアングリと口を開けて嚙み取る。

飯中から口中へ。

闇から闇へ。

梅干しはこの世の光を一度も浴びることなくその生涯を終える。

その梅干しの生き方を人々はよしとしてきた。

秘すれば花のシンボルとして、おにぎりの具の生き方を賛美してきた。（それほどでもないか）

こうしたおにぎりの伝統、歴史を人々は是認してきた。

だがここへきて〝人権派〟といわれる人たちが、おにぎり界の周辺に現れたのである。

おにぎりの具の一生はあれでいいのか、暗闇から暗闇の人生でいいのか、具の人権はどうなる、ということを主張する人々が出現したのである。

「目覚めよ具！」「具に光を！」をスローガンにして活躍する、おにぎりオンブズマンの人々である。

彼らはリンカーンが奴隷を解放したように、おにぎりの解放を目ざして長い間活動してきた。

このことはあまり世間に知られていないが、この運動から生まれたのが天むすなのである。

おにぎり解放運動は、当然おにぎり保守派のハゲシイ抵抗にあった。

だからまだ、おにぎりの具の、内部からの脱出は成功していない。

半分しか成功していない。

天むすが、具の一部脱出という形になっているのはそのせいなのだ。

天むすのエビ天が、半分をおにぎりの中に、あとの半分は外に露出させているのは〝脱出の途次〟と考えられている。

本当は全域脱出を試みたのであるが、保守派のハゲシイ抵抗にあって躊躇した姿が、あの中途半端な形になっているともいわれている。エビ天はこのあとどういう形になったらいいか、苦悩しているのだ。

いまだに苦悩しているのだ。

秘すれば花の保守派としては、ああした露呈、あるいは半露出は、見るに堪えない姿と映る。

「あれはおむすびではない」

とする古老もいる。

天むすといえども
内包の道はあった
なのに
なぜ
あえて露呈を
選んだのか
プンプン
おにぎり
当局

「むしろ握り寿司に近いのではないか。エビ天をのっけた一種の軍艦巻きではないか」

と言うのだ。

そう言われればそんな気もする。

こうなってくると、おにぎりの定義が必要になってくる。

日本語を統轄する広辞苑にそのあたりのことを問い合わせてみよう。

〔おにぎり【御握り】　にぎりめし、おむすび。〕

としか出ていない。

仕方がないので、にぎりめしを引く。

〔にぎりめし【握り飯】　握り固めた飯。〕

どうもなんだか逃げまわっている感じがする。ちゃんと答えたくないらしいのだ。

第一、具については一切触れていない。

具を内包させようが、露出させようが、当方は一切関知しないという態度である。

当駐車場内における事故については一切責任を負いません、という態度と同じだ。

こうなってくると、われわれも判断に迷う。

われわれ一般大衆は、天むすというものにどう対応したらいいのか。どういうものである、と認識すればいいのか。

とりあえず一個食べてみよう。

手にとってみると、一口では無理な大きさで、ちょうど二口の大きさ。

一口めで上のほうをパクリとやると、二口めは具なし

になってしまう。そこでタテ半分に嚙み切る。

エビ天をタテに嚙み切るのはかなりむずかしく、不安定にのっかっているエビ天が転げ落ちそうになる。

つまり、食べ方がかなりむずかしい。

エビ天そのものは塩味で、ややスパイスが利いている。

エビ天の塩味の利いた油が、ゴハンにしみてるあたりは天丼にも少し似ていてなかなかおいしい。

ぼくなんかは天むすをおにぎりの仲間に入れてやることに何の抵抗もない。

内包であれ露出であれ、おいしくさえあれば名称は何でもいい。

おにぎりの古老が天むすを仲間に入れたくない理由は他にあるのではないか。

他のおにぎりの具に比べて天むすのエビ天は異常に大きい。

天むすのエビ天は、全重量の20パーセントを超えるという。つまり主役の飯より具がやたらに目立つ。

おにぎり当局は、うっかりエビ天に庇《ひさし》を貸したら母屋《おもや》を取られてしまったのが口惜しくてならないのだ。

塩むすびの味

塩むすびというものを、いまの人はどのぐらい知っているだろうか。

「そんなもの食ったことねーや」

という人のほうが多いのではないだろうか。

いまコンビニに行くと、実に様々なおにぎりが並んでいる。

種類はたくさんあるが、基本的には、
①ゴハンの中心に具があって、まわりを海苔で巻いたもの
②ゴハンに具を混ぜこんで、まわりを海苔で巻いたもの
の二種類に尽きるようだ。

例外として、お赤飯おにぎりだけが海苔を巻かないが、あとはみんな海苔を体に巻きつけている。

塩むすびは全裸、内容物なし。

裸一貫、ゴハンだけで勝負している。

「そんな、ゴハンだけのおにぎりなんて、うまいわけねーだろ」

と、いまの若い人は言うかもしれないが、ぜひ一度試してみることをおすすめする。

塩むすびはどこにも売ってないので、自分で握って食べることをおすすめする。

実にもう簡単で、手のひらに水と塩をつけて握るだけだ。

ただし、握るゴハンはうんと熱くなければならない。

食べるときは少し冷めてもいいが、握るときは熱くなければならない。

炊きたてのうんと熱ーいゴハンを、手に水と塩をつけて、

「アチー、アチー」

と言いつつ、両手を顔の前で上下させつつ、肩も腰も上下させつつ、時には拝むような格好になりつつ、時には踊りながら拝むようなことになりつつ、握ったのがおいしい。

アチーなし、肩腰の上下なし、拝み踊りなしで黙々と握った塩むすびはおいしくない。

ぼくの小さいころは塩むすびをよく食べた。

一日一回は食べた、というぐらいよく食べた。

ぼくの子供のころは、いまみたいな保温ジャーはなく、その代わりにお櫃《ひつ》というものにゴハンを入れて保存した。

木の桶に木のフタをしたもので、何の仕掛けもないから〝徐々に冷める保温ジャー〟だった。

ゴハンはガスコンロに羽釜をのせて炊いた。

この、釜で炊いた熱いゴハンを、とりあえずシャモジでお櫃にあける。

このときの情景を昔のわが家で再現してみよう。

ぼくは、姉が二人の三人きょうだいの一番下だったので、常に母親と行動を共にし

ていた。

どういうふうに共にしていたかというと、エプロンのスソをつかんで離さないというかたちで共にしていた。

母親が洗濯物を干しに庭に出れば、当然、共に庭に出ていく。

母親が台所に行けば、当然、共に台所に行く。

ちなみに当時のエプロンは、漫画のサザエさんのおフネさんが着ているような割烹着であったから、スソをつかんでいる幼児がたとえ転ぼうともハラリとほどける心配はなかった。

母親はいまガス台の前に立ち、炊きあがったばかりの湯気モーモーのゴハンを、シャモジでお櫃にあけているところだ。

あたりに立ちこめる炊きあがったばかりのゴハンのいい匂い。

母親の足元には一人の幼児がいて、エプロンのスソを右手でしっかりと握っている。

左手の親指は根元までしっかりと口の中に吸いこまれている。

幼児は期待に満ちた目で、母親の手元を下のほうから見上げている。

やがて母親はゴハンをお櫃にあけ終わる。幼児の目はますます期待に輝く。

釜の底にはゴハンがこびりついている。

このこびりついたゴハンを、シャモジでこそげ取った母親は、これをひとつのカタマリにし、手に水と塩をつけ、ニッチニッチという音と共におにぎりにしていく。

幼児はエプロンのスソをしっかり握り、左親指を口中にしっかり吸いこませ、期待に満ちた目で下から見上げながら、このニッチニッチという音を聞いている。

なぜこの幼児はこれほどまでに期待に目を輝かせるのか。

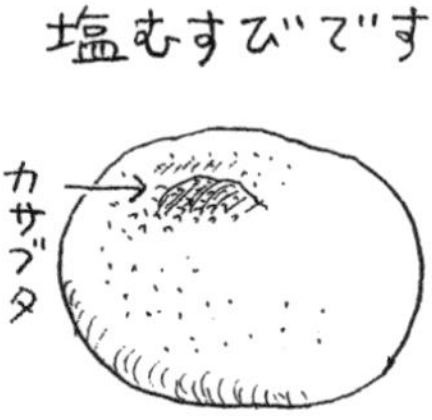

この家では、釜からこそげ取ったゴハンでつくる塩むすびの権利は、この幼児にあるのだった。幼児の目が輝くのも当然なのであった。

やがて塩むすびを握り終わった母親は、

「ホレ」

という愛情に満ちあふれた言葉と共に、丸くて小さな塩むすびを幼児に手渡すのであった。

塩むすびは丸く平べったく、白いゴハンのところどころに茶色いおコゲがカサブタのようについているのであった。

塩むすびの塩は、おにぎりの表面にだけついている。

ここのところが塩むすびのおいしさのポイントだ。

最初の一口を食べたとき、強めの塩の味がしてしょっぱいが、すぐその下の味のないゴハンと混ざり合ってちょうどよくなる。

このときの〝味の時間差〟がおいしい。「塩味→ゴハンの味」の「→」のところを味わうのが塩むすびの楽しさなのだ。

塩の味のあとにちょうどゴハンが欲しくなったときにゴハンがきて、ゴハンの無味にちょうど飽きたときにまた塩の味がくる。この繰り返しをちょうどよく味わう、ちょうどちょうどのおにぎりが塩むすびなのだ。

だから、ゴハンに塩を混ぜこんで握ると当然おいしくない、というより、つまらないおにぎりになるので気をつけましょう。

5章 お弁当編

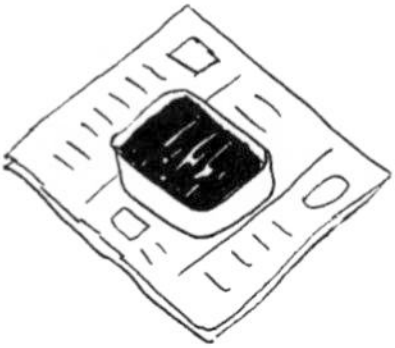

懐かしの海苔だけ海苔弁

久しぶりに海苔弁を食った。

いやあ、旨かったです。

それに懐かしかったです。

そしていい匂いだったです、フタを開けたときの醬油のしみた海苔の匂い。

その昔、中学生のとき、高校生のとき、よく食ったあの海苔弁。

海苔弁だとどうしても、食った、になる。

食べた、では海苔弁の感じが出ないのです。

弁当箱にゴハンを詰め、海苔でおおって上から醬油をかけまわしただけの海苔弁。

最近のコンビニなどの海苔弁と称しているものは、海苔の上にチクワ天やシャケなんかがのっかっているが、あれは本家本元の海苔弁ではない。

許さん、ああいうのは。あっち行け。

海苔だけの海苔弁は売ってないので自分で作るよりほかはない。

何の番組で誰が言ったのか忘れたが、話の流れの中で海苔弁という言葉が出た。

二段海苔弁は
一段ずつ食べるのが正しいのか
垂直掘削方式で食べるのが正しいのか
海苔弁当局の見解を求めるものである
どっちなんだァー!!

　そうしたら急激かつ猛烈に海苔弁が懐かしくなった。食いたくなった。

「食ったろやないけ、こうなったら」

と鼻息が荒くなり、

「超本格的な海苔弁を作ったろやないけ」

　言葉が荒くなったのは、青春の熱い血が体の中に甦ったからである。

　われわれはふだん、旅館の朝食で海苔が出てると、これを醤油につけてゴハンを食べる。

　海苔弁もまた醤油につけた海苔でゴハンを食べる。

同じ食べ方なのに決定的な違いが一点だけある。

何だと思いますか。

時間です。時間の経過。

中高生のときの海苔弁は、朝作ったものを学校へ持って行って正午に食べる。

旅館のは作ってすぐ食べる。

朝の七時ごろ作った海苔弁を正午に食べるとなると五時間が経過していることになる。

すぐと五時間の差。

しみこむわけです、お醬油が、海苔に、ゴハンに、五時間の間に。

五時間かけて醬油が海苔とゴハンにしみこんだ海苔弁、ああ早く食ってみたい。

作るからには超本格的本家本元海苔弁にしたい。

まず弁当箱。

当時の弁当箱はアルマイトだったから、史実にのっとってそれでいこうと思った。

そう思って弁当箱を買いに行ったのだが、いまはほとんどプラスチックなんですね、タッパーウェアみたいなのばっかり。

ようやく一つだけ見つけたのだが、これもフタはプラスチックだった。

このように超本格的を目ざすと、難関が次々に立ちはだかる。

正午に食べる、五時間後に食べる、これを守るには朝の七時に弁当を作らなければならない。

海苔弁のために、わざわざ朝七時に起きなければならないことになった。

朝七時に起きて海苔とゴハンと醤油を用意する。

ゴハンは「レンジで2分」のパックめしでいくことにする。

ほんとにもうタクアンも梅干しも何にもなしでドカ弁をペロリと食べてしまいましたの
ゴメーンアサアセ
オホホホホホ

　パックめしをチンして弁当箱に詰める。

　この弁当箱はかなり大きくて、パックめしが二個半入った。

　熱いゴハンを弁当箱に詰め、シャモジで四隅に均《なら》すのだが、こんなどうってことないことが意外に楽しい。

　二段式にするつもりなので、弁当箱半分ほどになったところで、弁当箱よりひとまわり大きく切った海苔をかぶせる。

　海苔は時間の経過とともに縮むから、それを防ぐために海苔の四辺を箸で中へ押し込んでいく。

こんなどうってことないことが、これまた楽しいんですね。

ここで醬油をかけまわす。

醬油は海苔の上で二、三か所にたまってしまうので、シャモジで全域に散らすように均す。

このどうってことないはやはりどうってことなくてそれほど楽しくないんですね。

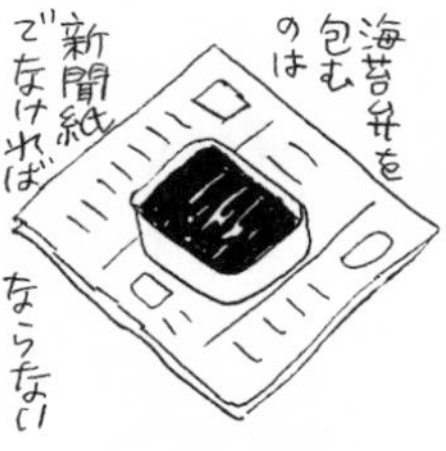
海苔弁を包むのは
新聞紙でなければならない

もう一段ゴハンをのせ、海苔をかぶせ、醬油をかけまわしてフタをする。

史実にのっとり新聞紙で包む。

それを仕事場の机の脇に置く。

中高生のときはこれをカバンに入れて電車に乗るわけだから、このまま机の脇に置いておくわけにはいかない。

仕事をしながらときどき弁当箱をゆする。

お昼が待ち遠しくてならない。

正午。

きっかりに弁当箱を引き寄せる。

いよいよフタを開けるのだ。

ふつう、弁当のフタを開けるときは、「さあ、どんな弁当かな」と思うものだが、なにしろ自分で作ったのだからその全てを知っている。

でも弁当のフタを開けるのは楽しいものなのだ。

開ける。

作った通りの弁当がそこにあった。もし違っていたらコワイが、弁当箱の中は全域海苔、どこもかしこも海苔。

むせかえるような海苔の匂い、醬油の匂い、醬油のしみたゴハンの匂い。

ウーム。醬油と湯気でグズグズになった海苔がゴハンに合う。

稲荷ずしは作りたてより時間をおいたほうが旨いというが、そう、海苔とゴハンが〝ヅケ〟になっている。

一口食べ、二口食べ、さてこのへんで、と、史実にのっとって包んであった新聞をガサゴソ広げて読み始める。

弁当箱を振り回す男

とにかくそれを見たら誰だって驚く。

なにしろ大の男が弁当箱を振り回しているのだから。

しかも正式に。

弁当箱には正式な振り方というのはないのだが、デタラメに振り回すのではなく、規則正しく、というか、ホラ、バーテンダーがシェーカーを振りますね、あの振り方。

あるときは上下に、ときには左右、前後、ナナメにという、あれ。

その男が振り回している弁当箱は、空っぽだとどうということはないのだが、ちゃんと中身が入っている。

おかずとゴハンを整然と並べて詰めてある。

その男は弁当箱を振り回す前に、フタを開けて中身を見せている。

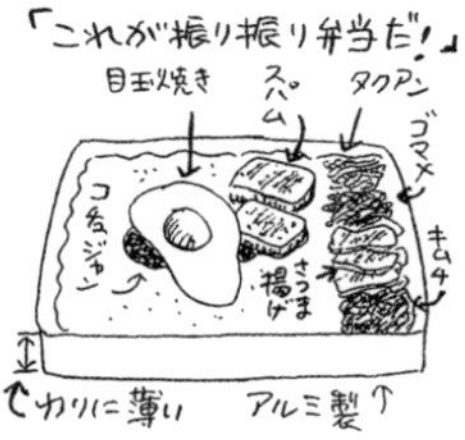
「これが振り振り弁当だ！」
目玉焼き
スパム
タクアン
ゴマメ
キムチ
コチュジャン
さつま揚げ
ワリに薄い
アルミ製

ゴハン、目玉焼き、薄いさつま揚げ、スパム（沖縄でよく見るランチョンミート）2枚、ゴマメ、キムチを整然と並べて詰めてある。

ふつう、こういうものは振り回しません。

むしろ揺らさないでそォーっと扱う。

この整然の弁当箱をタテ、ヨコ、ナナメに振り回すとどういうことになるか。

そうです、グッチャグチャになります。

ゴマメやキムチはもとより、目玉焼きもさつま揚げもスパムも原形をとどめないほどグッチャグチャ、そこへゴハンが入り混じって瓦礫《がれき》状態。


なにしろ振り回す回数がはんぱじゃない。

はんぱじゃないということは二十回かな、いや五十回かな、いくらなんでも五十回は多すぎるから四十回、これでどうです、なんて言ってる人は考えが甘い。

七十回です。最低で七十回。

どうして弁当箱をそんなふうに振り回すのか。

順を追って説明すると、振り回している場所は韓国料理店。

テレビの旅番組を見ていたら、大の男が弁当箱を振り回していた。

この店は韓国料理のメッカ、新宿は新大久保の近くの一軒で、韓国料理のメニューがズラリと並んでいるその中に、「昔懐かしいブリキ弁当」として載っている。

人気メニューというわけでもないのだろうが、異彩を放っているということでテレビ局が取り上げたらしい。

ご存知だと思うが韓国では何でもかんでも掻き混ぜて食べる。それも徹底的に掻き混ぜる。

当然、高校生などが学校に持っていく弁当も掻き混ぜてから食べることになる。

徹底的に掻き混ぜるのはけっこう時間がかかる。

学校の昼食時間は限られているから掻き混ぜている時間がもどかしい。

そこで手早く掻き混ぜる方法として振り回すことが考えられたらしい。

昼食時間ともなると、たぶん学校中みんながブンブン振り回していたに違いない。

かつてのそういう思い出を持った人たちが、

「おう、懐かしい！」

とか言って注文するのが、この「昔懐かしいブリキ弁当」ということになるようだ。

早速その店に行きました。

注文しました。

振り回してもらいました。

自分でおそるおそるやっていると店の人が寄ってきて、こうやるのだ、とばかりにやってくれました。

最初に目玉焼きやスパムやさつま揚げをさじである程度突き崩してから振り始める。

見てました。

時間のない歌舞伎見物の幕間の弁当にいいかもしれない
混ざってると何からいくか迷わないから早く食べられますのよ
ガシャ
ガシャ
幕の内
ガシャ
ガシャ

七十八回振りました。

おそるおそるフタを開ける。

想像していた以上の惨状。

グッチャグチャどころかベッチャベチャ。

いたましい、というか、むごたらしいというか……。

弁当の中にあったあらゆる物が潰れ、ひしゃげ、崩れ、ねじくれ、飛び散ったことを物語るいたましい静寂。

食べてみる。

お弁当はフタを開けて「エート、何からいくか」が楽しみなのだが
その楽しみはない！
「何から」ではなく「どのあたりから」

うまい。

これ以上混じりようのない究極の混合。

そのおいしさ。

日本人はゴハンとおかずを別々に口に入れて口中で調味していって、最後に究極の混合に達するが、こっちはいきなり。

いきなり究極。

いきなりのおいしさ。

しかも同時多発。

日本人だったらゴハンと目玉焼き、ゴハンとスパム、ゴハンとさつま揚げというふうに、口の中は常に一対一だが、こっちはゴハンと目玉焼きとスパムとさつま揚げとキムチがいっぺんに口中にある。

いっぺんに噛む。

いっぺんに全部の味がする。

どっちがいいとは言わないが、ときどきの同時多発は楽しくておいしい。

いっぺんやっただけで味を占めた。

駅弁でやってみるというのはどうか。

そうだ、峠の釜めし。

ぴったりではないか。

あれを上下、左右、前後ナナメに振る。

たぶんかなり重いだろうなあ。

ときには重くて放り投げることになったりするだろうなあ。

そうだ、ヒモで縛っておけばいいのだ。

それでも放り投げることになるだろうなあ。

峠の釜めしといえどもゴハンとおかずという二部構造に違いないが、この場合はゴハンとおかずが入り混じった「ゴおハかンず」の峠の釜めしということになります。

弁当の〝跡地〟

跡地というものは懐かしいものである。

城跡、遺跡、かつてそこに家があっていまはススキが生えている跡地、古代ローマの劇場跡。

見慣れていた銭湯がこわされ、神社に似た玄関が様々な形に分解されて山積みになっている跡地。

いずれも一抹の哀感とともに懐かしさを感じる。

ああ、ここにそうしたものがあったのだ、という感慨。

弁当にも跡地があることはあまり知られていない。

たとえば梅干しの跡地。

少し窪んでいて、少し赤く滲んでいる、梅干しを食べたあとの跡地。

その跡地を見て、

「ああ、かつてここに梅干しがあったのだ」

という感慨にふける人は少ない。

城跡とは比べものにならないが立派な跡地である。

ちょっとだけ塩《しょ》っぱく、ちょっとだけ酸っぱく、梅干しの匂いも少し残っていてこの跡地はおいしい。

300円台のコンビニ弁当によくのっかっているチクワ天の跡地はいろいろと問題があると思います
チクワ天の跡地

弁当を食べるとき、ぼくはいつもこの跡地を大切に思いながら食べている。
若山牧水の短歌に、
かたはらに秋ぐさの花かたるらく　ほろびしものはなつかしきかな
というのがあるが、ぼくは弁当の梅干しの跡地を、
かたはらにシソの葉の色かたるらく　ほろびしものはなつかしきかな
と思いながら食べている。

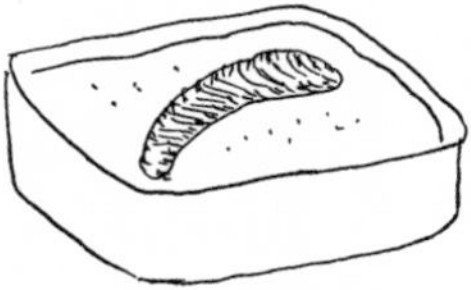

もともと跡地は文化遺産なのだ。

みんなもっと、弁当の梅干しの跡地に注目してほしいのだ。

どうもみんな、弁当の梅干しの跡地を軽視しているような気がしてならない。

食べ手がそうなら、作り手もそうだ。

弁当箱にゴハンを詰め、おかずを詰め、ゴハンのまん中に梅干しを置きながら、

（ここのところがやがて梅干しの跡地になるのよね）


などと思う人はいるだろうか。

この跡地は弁当でなければ生まれない。

たとえば茶わんにゴハンを盛り、そこに梅干しをのせて食べたのでは跡地はできない。

弁当箱ならではの時間の経過と圧迫、この二つによってこそ跡地は生まれる。

ぼくとしては、やがて弁当の跡地問題が人々の関心を呼ぶようになり、食文化の一つとして語り合うような風潮をつくっていきたいのだ。

「そういえば、昆布の佃煮の跡地もおいしいのよね」

「そうそうそう。四角い板昆布なんか特にね」

「あの味のしみこんだ跡地。たまりませんわ」

というような会話が全国のあちこちで交わされるようになってほしいのだ。

居酒屋などでも、

「わたしは何といっても塩鮭の跡地」

「おおっ、塩鮭ときたか」

「おいしいんだよね、塩鮭の跡地！」

というような会話が交わされるようになる。

弁当の塩鮭の跡地はたしかにおいしい。

梅干しの跡地よりずっとおいしいかもしれない。

塩鮭の場合は、梅干しとちがって鮭の脂が加わってくる。

塩分をたっぷり含んだ鮭の脂。

その脂がじっとりとゴハンにしみこんでいる。

ここでもまた、時間と圧迫が有効に働いている。

茶わんのゴハンを、塩鮭をときどきつつきながら食べるのとまるでちがうのだ。

目玉焼きがのっかっていた跡地もいいな。

梅干し、塩鮭の跡地とちょっとちがって趣がある。

全体がほのか。

ほのかな塩気、目玉焼きを焼いたほのかな油、白身の香り、黄身の匂い。

目玉焼きの周辺のチリチリ焦げた部分の残骸がひとかけら残っていたりして、往時の目玉焼きの面影を偲んでしばし思い出にふけったりする。

名所旧跡で、往時のものらしい錆びた古釘を見つけたときのような感慨に似ている。

考えてみると、弁当の跡地は名所旧跡なのだ。

歴史は浅いが、鑑賞に値する名所と化しているのだ。

肉系もいいな。

豚肉生姜焼きがかつてあった跡地。

味も匂いもまだプンプン残っていて生々しい。

牛肉を牛丼風に煮たのなんかもいいな。

わざとツユを多めに煮てもらって、あたり一帯はツユだくになっている。

もう、たまりません。

鶏そぼろ弁当……。

これは生姜焼きや牛丼風のかたまり肉とちがって、なにしろ細かい粒々であるから、跡地といえどもかつてあったものがまだあちこちに散らばって残っている。

これがいい。これがなかなか有効。

風景としても秀逸。

忘れかけていた鶏そぼろの思い出が、その一粒一粒で蘇る。

かつて全盛時代があった。

これ
漬物を
つくっている
わけでは
ありませんよ
ギュギュッッ

そのころの思い出にひたりながら、いまはこうしてその思い出のひとかけひとかけを拾っている。

鶏そぼろ弁当の晩年。

なかなかわるくない晩年。

いま急に思いついたのだが、〝弁当の跡地即席製造器〟というのはどうか。

ねじ式の漬物製造器がありますね。

あれにゴハンを詰め、上におかずをのせてギュウギュウねじる。

運動会のお弁当

日曜日の朝の眠りは心地よい。

ウトウトしながらも、これからまだまだ心ゆくまで眠れると思うと、しあわせいっぱいの気分になる。

そういうとき、遠くから、ポンポン、ポポン、と打ちあげ花火の音が聞こえてくることがある。

運動会だ。

雨戸のすき間からさしこんでくる日の光は、きょうの晴天を物語っている。

そうか、そうか、運動会か、それはよかった。

運動会と知って、それはけしからぬ、と思う人は少ない。

朝の眠りを破られても、運動会なら許してやろうという気持ちになる。

そうか、そうか、運動会か。
ウトウトしながらも、昔の運動会の記憶がよみがえってくる。
抜けるように青い秋空。

ゆで卵をむくおかあさん
水筒にお茶
塗りのはげたお重
ムシロ

少し冷たく感じられる秋風にはためく、校庭いっぱいの万国旗。
紅白で飾られた入場門、退場門。
中央本部のテントの中の来賓席。そこに積みあげられている賞品の山。
グラウンド一面に、石灰でくっきりと描かれた白いライン。
綱で仕切られた父兄席のうしろで、秋風にゆれるコスモスの花。
腕章をつけ、メガホン片手に張りきって走っていく体育の先生。
いつもの見慣れた校庭が、すっかりはなやぎ、少し緊張につつまれている。

運動会は、子供にとって、緊張につぐ緊張の一日だった。

つらい一日だった、ということもできる。

しかし、そのつらい一日を、十分補って、なお余りあったのが運動会の昼食の時間だった。

「昼食」の放送と共に、プログラムから解放されて、母親の待つ父兄席に一散に走っていくときの気持ち、そこで過ごした昼食の一時間は、子供のころの思い出の大きな部分を占めている。

いまの若い人たちに聞くと、運動会の思い出が実に稀薄である。

ほとんど思い出がないという。

運動会の昼食が、給食スタイルになったせいにちがいない。

これまでの人生の中で、数々の昼食をとってきたが、「運動会の昼食」には特別の深い思い入れがある。

ぼくらのころの運動会は、服装といえば、頭には紅白のハチマキ、シャツはランニング、キャラコのパンツ、足には運動会用の足袋はだし、というものだった。

キャラコというのは、そういう名前の布地で、手でもむと白い粉がハラハラ落ちるという粗悪品だった。薄いペラペラの布地を、粉でかためて、かろうじてパンツの形を保たせてあった。

足袋はだしというのは、外でもはける足袋のことで、運動会用のものを文房具屋などで売っていたような気がする。

プログラムは、ガリ版刷りだった。

このプログラムが、生徒に緊張をもたらす最初のものであった。

運動会の朝は、プログラムを眺めてはため息ばかりついていた。

自分たちが出場する競技は、プログラムの何番目か、これが緊張の第一歩であった。

競技が次々と消化され、自分たちの百メートル競争の番が刻々と近づいてくる。

あと四、五番目というあたりになると、先生が小腰をかがめて走ってきて、スタートラインへの移動をうながす。

このあたりで、すでに心臓は早鐘《はやがね》のように高鳴り、足は宙に浮いたようになる。

スタートラインの後方にしゃがんで待機。この待機が心臓にこたえた。

あと三番目、あと二番目になると、心臓が口から飛び出るのではないかと思われるほど激しく震動する。

いまになって考えてみれば、何もそんなに緊張しなくてもよかったのに、それほどの重大事でもなかったのに、と思うが、子供にとってはそれこそ天地がひっくり返るような人生の一大事だったのだ。

いよいよスタートラインに並んで「ヨーイ」の声を聞いて「ドン」に至るまでは、心臓どころか、体中のあらゆる臓器が口から飛び出すような気がしたものだった。

十一時を過ぎたあたりになると、生徒の目はしきりに父兄席に向けられるようになる。

行進をしていても、競技を待っている間も、父兄席の両親の姿をさがすようになる。

朝、家を出るとき、「鉄棒のそば」と指示されたあたりに、しきりに視線を走らせる。

いなければたちまち不安になり、いればとたんに満面の笑みとなる。

友だちに、「きてるぞ、きてるぞ」と突つかれると、恥ずかしい理由など一つもないのに何だか恥ずかしく、花嫁のように恥じらってしまう。

十二時。

サイレンが鳴って、中央にいた生徒の一団が、周辺の父兄席に一散に散っていく。このときの気持ちは、飼い犬が飼い主を見つけて走っていくときのような、何だか切ないような、せっぱつまったものがあって、いま思い出してもなかなか懐かしいものがある。

両親のところに到着すると、とたんに晴れがましいような気持ちになった。何だか誇らしいような、勇ましいことをしてきたような、一言ほめてもらいたいような気持ちになった。

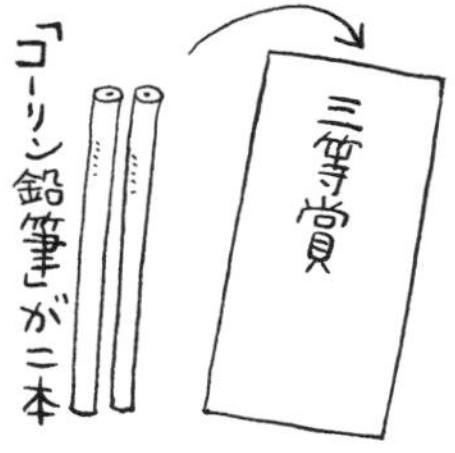

ぼくらのころの運動会の昼食は、質素そのものだった。まだウィンナソーセージはなく、鶏の唐揚げもなかった。ハムもエビフライもなかった。
サザエさんの漫画には、そのころの運動会のお弁当を扱ったものがよく出てくる。運動会の前夜、カツオが油揚げを買いにいったら売り切れだった、とか、サザエさんが干ぴょうを買いにいくと、「あしたは運動会です

ね」と言い当てられる、といったものである。

そう。そのころの運動会のお弁当といえば、いなり寿司とのり巻きに決まっていたのである。

そしてまた、いなり寿司とのり巻きは青空とよく合う。青空の下だと、いなり寿司とのり巻きは特においしい。

昔のいなり寿司は、いまのより甘辛の度合いが強かったように思う。そのうえ煮汁がたっぷりだった。

噛みしめたときの、少しきしむような油揚げの歯ごたえ。油揚げからにじみ出てくる甘辛の煮汁。それがよくしみこんだ酢めし。油揚げの甘辛のきつさが、疲れた体には特においしく感じられた。

いままで流れていた音楽や鳴りものがやんで、急に静かになった秋の校庭に、小さな団欒《だんらん》のざわめきが、風にのって広がっていくのであった。

［解説］

スズキナオ

私の父は本を読まない。朝刊と夕刊を広げて読んでいる姿はたまに見た気がするけど、本のページに目を落としているというような場面はほとんど記憶にない。ただ、そんな父でも、東海林さだおさんの「丸かじりシリーズ」だけは新刊が出るとすかさず買って帰ってきて、居間や寝室に積み上げていくのだった。

私は食べたり飲んだりすることの楽しさに目覚めるのがすごく遅く、父が愛読していた「丸かじりシリーズ」を手に取るまでには長い時間がかかった。20代までの私は、「食べ物なんてお腹さえ膨れればなんでもいい！」と、ファーストフードだのインスタントラーメンだの、とにかく安くてさっさと食べられるものばかり、しっかり味わうこともなく口に放り込んでいた。そんな私に、父は「この本、読んでみろ。面白いぞ」と何度も東海林さんの本をすすめてくれたが、その頃の私は「食べ物の本か……今度読むよ」と素っ気ない返事をしていたように思う。愚かであった。

父が特に感銘を受けたというのが『親子丼の丸かじり』に収録された「スイカを剝いて食

べたら……」という一篇。リンゴやナシみたいにスイカも皮を剝いて食べたっていいじゃないかと考えた東海林さんが包丁片手にスイカの皮を剝き、その甘い中心へと食べ進んでいくという話である。父はそのエピソードが東海林さんの物事の見方を象徴するものだと捉え、私に言い聞かせた。「この本にはすごいことが書かれている。当たり前のことを疑ってかかること、そしてなんでも実際に試してみることだ」と。

その父の趣味の一つが仕事仲間たちとたまに行く旅行で、特急電車の4人がけのボックス席に座ってワイワイと酒を飲むのが楽しくて仕方ないらしいのだが、2人がけシートが向かい合わせになったボックス席だから、中央部分にテーブルが無い。酒やつまみを置く場所に困るのである。そこである時、父は木の板にビニール紐を通したものを事前に用意し、それを首からぶら下げて簡易テーブルのようにしてみたという。なかなかいいアイデアに思えたが、缶ビールをやつまみ類を置いてみると安定せず、すぐに滑り落ちそうになってしまう。うーむ、惜しい。それ以降、旅行メンバーの各自がそれぞれ「マイテーブル」を作って持ち寄り、その完成度を競い合うようになったのだという。回を重ねるごとに、もはや自作のテーブルを披露することが旅のメインイベントのようになっていったと語る父の最高傑作は、浅めの木桶（贈答品の漬け物が入っていた桶らしい）に穴を開けて紐を通したもの。桶だからへりがあって中身が滑り落ちることもないし、万が一こぼれたとしても安心なんだそう。開発までにかなりの月日を費やしたとか。

父をそんな酔狂な楽しみに導いてくれたのは、きっと東海林さんの文章だったんじゃないかと思う。本書でも、当たり前のことを別の角度から見直し、思いついたら気が済むまで実際に試してみるという東海林さんの精神が惜しみなく発揮されている。梅干し一つだけで徹底的にごはんを味わおうとしてみる。改めて「猫めし」の美味しさを確かめてみる。アジの開き、味噌汁、納豆にごはんといった定番の朝食を「手づかみでいく」という試みなんて、これを笑わずに読むことができる人はいるんだろうか。納豆を掻きまわす感触を想像してゾワゾワしながら、同時に不思議な感動もおぼえた。手を使って直接ふれることにより、普段当たり前のようにぼーっと食べてしまっている食材や料理のもつそれぞれの質感がダイナミックに浮かび上がる。お新香は手づかみでも食べやすく、ごはんを適量つまむには指先が少し湿っていた方がいいなんてこともわかる。こうやってあっちこっちの角度から色々なやり方で「食べること」を考え続けてきたのが東海林さんなのだ。しかも何十年にもわたってである。頭が下がる。いくら下げても下げたりない。

私はライターをしていて、思いついたことをなんでも試してみたり、気になった場所にふらっと出かけてみたりしながら、そこで感じたことを文章にしている。ある時、「居酒屋で普通に生ビールを飲んでも面白くない！　30㎞の距離を延々歩いて居酒屋まで向かってみたらどうだろう」と、そんなことを考えて試してみたことがある。昼過ぎに歩き出したのに、店に到着する頃にはすっかり夜。足が棒になり、ほうほうの体でたどり着いたチェーン居酒屋の生ビールはキラキラと星が輝くような美味しさであった。いつも飲んでいるのと同じものなのに、千倍も万倍も美味しく感じられる。涙がじわっとあふれたあの味は今でも忘れられない。またやるかと聞かれたら断るが。

豆腐一丁を何の調味料にも頼らず、ただ純粋に味わってみる、というのも最近試みて面白かったことの一つだ。目を閉じて、できる限り豆の風味をじっくりと噛みしめてみる。豆腐一丁が胃の中に居座ってじわじわと満腹感をもたらしていく過程も、思いっきり自分の感度を上げて確かめる。そうしているうちに、豆腐という白くて四角い食べ物がまるで宇宙からやってきた謎の物体かのように見えてくるから不思議だ。

そうやって私が面白がっていることは全部、東海林さんの切り開いた道を後追いしているだけなのかもしれないと思う。でもその道の端っこの方でもいいから歩いていたい。父もきっと喜ぶだろう。

本書に収められた「海苔の醬油は内か外か」という一篇にこんな一文がある。

「この不況の世の中では、大きな喜びは手に入れにくい。大きな喜びはお金がかかりがちだ。こうしたお金のかからない、小さなことの一つ一つに、喜びを見出して生きていかなければならない時代なのだ。」

この言葉が「海苔の内側と外側のどっちに醬油をつけるか」ということについての前段だというのはちょっと笑ってしまうけど、でもここには本当に大事なことが書かれていると思う。今の時代こそ、そのように考えるべきなのではないか。

災厄が襲いかかろうと、ウイルスが蔓延しようと、景気が厳しくなろうと、私たちの手元には「なんでも面白がれる」という武器がある。東海林さんのように、あーでもないこーでもないと考え続け、それを楽しんでいく姿勢さえ手放さなければ、いつだって毎日は面白いし、きっとごはんは美味しいのだ。


（ライター）

東海林さだお（しょうじ・さだお）
1937年東京都生まれ。漫画家、エッセイスト。早稲田大学露文科中退。70年『タンマ君』『新漫画文学全集』で文藝春秋漫画賞、95年『ブタの丸かじり』で講談社エッセイ賞、97年菊池寛賞受賞。2000年紫綬褒章受章。01年『アサッテ君』で日本漫画家協会賞大賞受賞。11年旭日小綬章受章。『ひとり酒の時間 イイネ!』（だいわ文庫）、「丸かじり」シリーズ（文春文庫）など、著書多数。

本作品は、『週刊朝日』（朝日新聞出版社）に連載中の「あれも食いたいこれも食いたい」、『漫画読本』（文藝春秋）に連載された「ショージ君のにっぽん拝見」、『オール讀物』（同）連載中の「男の分別学」、書籍『人生途中対談』（同）に掲載された著者のエッセイ及び対談を再編集したアンソロジーです。

だいわ文庫

ゴハンですよ

著者　東海林《しょうじ》さだお

二〇二〇年一〇月一五日第一刷発行

発行者　佐藤 靖
発行所　大和《だいわ》書房
東京都文京区関口一-三三-四 〒一一二-〇〇一四
電話 〇三-三二〇三-四五一一

フォーマットデザイン　鈴木成一デザイン室
本文デザイン　二ノ宮匡
本文印刷　信毎書籍印刷
カバー印刷　山一印刷
製本　ナショナル製本

ISBN978-4-479-30835-5

http://www.daiwashobo.co.jp